汉风楚韵

孔祥敬 著

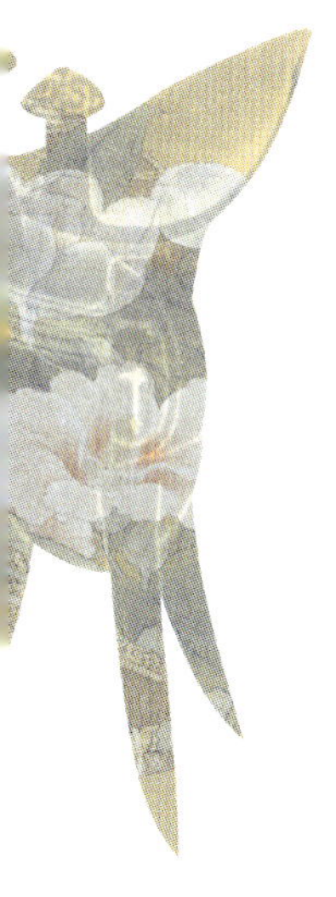

中原出版传媒集团
中原传媒股份公司
大象出版社
·郑州·

图书在版编目(CIP)数据

汉风楚韵 / 孔祥敬著.— 郑州 :大象出版社,
2018. 7
ISBN 978-7-5347-9799-6

Ⅰ. ①汉… Ⅱ. ①孔… Ⅲ. ①诗集—中国—当代
Ⅳ. ①I227

中国版本图书馆 CIP 数据核字(2018)第 088711 号

汉风楚韵

HANFENG CHUYUN

孔祥敬 著

出 版 人 王刘纯
责任编辑 管 昕 李亚楠
责任校对 毛 路 牛志远
书籍设计 王莉娟

出版发行 大象出版社(郑州市开元路 16 号 邮政编码 450044)
发行科 0371-63863551 总编室 0371-65597936
网 址 www.daxiang.cn
印 刷 河南新华印刷集团有限公司
经 销 各地新华书店经销
开 本 787mm×1092mm 1/16
印 张 16.25
字 数 132 千字
版 次 2018 年 7 月第 1 版 2018 年 7 月第 1 次印刷
定 价 63.00 元
若发现印、装质量问题,影响阅读,请与承印厂联系调换。
印厂地址 郑州市经五路 12 号
邮政编码 450002 电话 0371-65957865

孔祥敬

郑州市人。郑州大学中文系毕业，文学学士。中国作家协会会员、编审、一级作家、河南省诗歌学会名誉会长。著有《找党》《寻梦》《追梦》《灵魂鸟》等。曾荣获河南省『五个一工程』图书奖、河南省文学艺术优秀成果奖、河南省优秀图书一等奖、河南省电视文艺牡丹奖一等奖、河南省人民政府实用科学一等奖、中原诗歌突出贡献奖等。

漢風楚韻

灵魂的重量

吉狄马加

孔祥敬是当下中原大地上比较活跃的诗人，近年来创作颇丰，其作品题材涉猎广泛。读其文知其人，这是一位一直在行走在寻觅的诗人。其身在中原心系汉楚大地，这厚厚一册《汉风楚韵》，便是明证。

全书分上、下两篇，上篇为“颂歌”，下篇为“牧歌”，接通了《诗经》的血脉，连着风、雅、颂，可见甚为用心。中原是何地?《诗经》的故乡也。读《诗经》知古人之丰饶、智慧和高洁，世间万物如在眼前，情深深意切切；读完这一册《汉风楚韵》，可见作者的性情和才华，颇有凛然之气、铮铮之节。

诗歌从诞生之日起，就和我们的灵魂以及生命本体中最不可捉摸的那一部分厮守在一起。从某种意义上说，诗歌是我们通过闪着泪光的心灵，在永远不可知晓的神秘力量的感召下，被一次次唤醒的隐藏在浩瀚宇宙和人类精神空间里的折射和倒影。在古埃及，人们用一根羽毛作为天平上的砝码，以称量灵魂的重量。对于他们来说，羽毛就是精准的象征，他们把这一根轻盈的羽毛叫作玛特，玛特是他们的天平女神。诗歌也有自己的玛特，诗歌里的灵魂也有重量，我把那些出现在诗歌里的最精准的字和词，也叫作天平女神。20 世纪以来，我以为，对诗歌的定义最令人信服的，还是法国诗人瓦雷里说的“诗歌就是勉力追求精准”，追求每一个字和词恰到好处地出现在应该出现的位置。写诗的过程，很多时候都是在和语言搏斗，是追求更精妙、更丰富、更准确表达的过程。

孔祥敬的这本诗集，同样展现了他对文字勉力追求的过程。通读全书，我发现有两个特点：一个是题材的宏大，这从许多诗歌的标题就能看出来，比如《中国梦之歌》《寻梦中原》《函谷之道》《中原大风歌》等。这类主题其实不好写，但作者并不回避，因为他心中自有化解之道，他知道从何处切入，到何处收笔，转换间收放自如，颇见功底。大题材的抒写，稍不留神，就会滑入假大空的泥淖。如果刚一触摸便转头离去，更有甚者，远远地望一眼，便下笔千言，文章看似花哨，却往往是言之无物，最后沦为表演型诗人。毫无疑问，孔祥敬是一位关注现实、关注人民创造美好生活，有担当，有责任，有使命感的优秀诗人。他的作品既是他个体生命的体验，也是他对这个伟大时代的多侧面的感悟。正是因为他诗歌中呈现出的现实主义精神，我才由衷地愿意向大家推荐这本诗集。

本书的另一个特点是疏密有致。如果说上篇“颂歌”是宏大叙事，洋洋洒洒、密不透风的话，那么下篇“牧歌”体现出来的就是小桥流水、清新脱俗、日出东山般的欣喜和悠远绵长。上篇是动辄上百行的水银泻地般的长篇叙述，下篇却多是一二十行、二三十行的精美短制，这种编排体现了作者有着高超的对作品的把控能力。“颂歌”过于流畅，对读者的阅读构不成太多的障碍，“牧歌”多了一些节制，多了许多留白，给读者更多的空间。纵观新诗百年历史，我们可以看见短诗比长诗更难写。所以作者在下篇的作品里，在那些短诗里，用了更大的力气，花了更多的心思，目的不言自明。

毛姆有一个创作谈，谈自己在小说创作上遇到的困惑及化解之法，同理，这个化解之法用在诗歌上，也同样成立：“由于我词汇的贫乏而遭人非议之后，我去了大英博物馆，记录了各种稀有的矿石、拜占庭的珐琅和各种布帛的名称，为了搭配它们，在用词造句方面我花了好多力气，不幸的是，我没有机会使用这些句子。这些句子就在这小本子上，谁想用都可以拿走。几年以后，我又陷入了相反的错误中，开始禁止自己使用形容词，我想写一本像电报一样的书，把所有不是必不可少的词都从这本书里删掉。”这里谈到的写作态度和写作技巧问题都值得我们借鉴，我相信孔祥敬已经意识到了这个问题。如果用汉语来归纳毛姆这个创作谈，也就是八个字：“疏能跑马，密不透风。”

诗歌是有灵魂的，灵魂是有重量的。这个重量的衡量，与使用汉字的多少无关，与表达得是否精准直接相关。

（作者系中国作家协会副主席、书记处书记，当代著名诗人）

5

追梦者充实而荣耀

——读孔祥敬

谢　冕

读孔祥敬，不由得让人生起敬意。大题材，大场面，大胸襟，大怀抱，上下古今，纵情寰宇，大起大落。尽管他也写短小的诗，但他擅长的还是这类时下被称为“宏大叙事”的诗——这里，我谨慎而又郑重地用了这个被悄然赋予了置疑成分的用语，而我在这里是正面使用的。我本人在很长的时间里是被视为新潮的代表的，其实，我骨子里很守旧，我并不排斥旧物，我喜新，但不厌旧。我厌的是那些空洞无物而又居高临下的夸夸其谈者，但并不排斥郭小川、贺敬之那些大气磅礴的政治抒情，当然，我也不认同他们那些过时的观念和技法。说到底，我崇尚真情，唾弃虚夸。

回过来谈孔祥敬，他近来的一些大诗让人读了很是气清神爽且内心充实。关于中国的大题材不必说了，我注意到他笔下的中国形象，首先出场的是他的儒雅：左手紧握长卷，“散发着四书五经楚辞汉赋清明上河图的墨香”，右手摇着竹扇，“激荡着唐诗宋词元曲明清风流人物的咏唱”（见《托起太阳，献上我的敬仰》）。他不回避大处着墨，写尽江山锦绣，气势雄伟。至于他身处的中原大地，是他的乡土、他的家园，也是他纵情书写的对象。对此，这个喝黄河水长大的中原汉子，从不吝惜笔墨，酒过三巡，但见他挽起衣袖，击节而歌：风流中原，壮美中原，寻梦中原，可谓一而再，再而三，尚不尽兴。黄河也是，一写就是三章，河之凤凰，桥之意象，诗之梦想，一颂不足，再颂之，颂的也总是心中梦想：为黄河写下一支歌。郑州也是，郑州之东，我亲爱的新郎，那不仅是新郎，那是我的太阳！（见《风流中原》《寻梦中原》《壮美中原》《黄河，桥映三章》《郑州之东，我亲爱的新郎》诸诗）

颂歌对于我们，是有些遥远了。但颂歌若是摒弃空泛而用真情表达，则是不应该被遗忘的。孔祥敬的写作唤起了我们遥远的记忆，对此，我有一种欣慰。他的创作接续了 20 世纪 50 年代开始的颂歌传统，但又饱含着当今时代的新意新质、充沛的现代精神，以及开放时代的激情散发。我们读他的诗有“如对故人”的亲切。确切地说，这只是“似曾相识”，而不是“旧时燕子”。激情依旧，气象全新。

他歌颂的是新时代寻梦、追梦、筑梦、圆梦之人，是那些把梦想变成现实的人。他说，桥梁，是船的梦想；又说，向往，是诗的梦想。梦想是他的新题、新意。诗，漂浮得有些久远了，让诗回到它的现实基座上来吧，让我们看看那些钢筋铁骨是如何撑起诗的梦想的吧！我们深知，讴歌新事新物不是悖谬，而是一种可贵。这就是我们面对孔祥敬的诗，会不由自主地产生一种敬意的原因。

读孔祥敬，尽管我们也读到他的儿女情长、温柔缱绻，例如《读你》，例如《注视》和《假如》，此时此际，他笔端个人私密的甜意也许并不比别人少，但他的喜爱和擅长却是我们此刻谈论的大诗。孔祥敬的诗的好处是，大是大了，却扎实而实在，言之有物而不务空言，神采飞扬而意象沉厚。如：讲近代国难，是鸦片烟灯“熏昏了孤儿寡母的晚清”；写圆明园沦落，是“雨果笔下的悲惨世界”，设想巧妙而又熨帖。与流行的颂歌不同，他有反思精神，例如他为中国的灿烂历史而自豪，同时又指出由自豪引出的妄自尊崇、闭关锁国、故步自封，“我们的民族仍陶醉在昨夜星辰之中”。他的颂歌有着鲜明的批判意识，即使是在讲辉煌的文学典籍，他也时露尖锐的锋芒：“吴敬梓高举带刺的长鞭　抽打科举制度下扭曲的儒林众生”。

孔祥敬的这些大诗，气宇轩昂，可吟可诵，室内或广场朗诵效果均佳。较之时下的那些口语诗，它的好处不仅是激情飞扬，而且音韵铿锵。他相当重视诗歌的音乐性和节奏感，在近时的写作潮流中，此种坚持越发显得可贵。过去政治抒情、意义宣讲重于艺术的熔铸，孔氏与之有异，他在重视意义的同时也十分重视艺术的沉潜。卢舍那的微笑永恒而神秘，黄河水由清而浑是“那披在身上的青青布衣 渐渐地染成了飘逸的鹅黄”（见《黄河，桥映三章》）。这是对于现实场景的诗化。再如，踏青的脚印“踏出了”青春牧笛，而笛声又沿着小路“奔走”……均可看出他独运的匠心。

诗，归根结底是个人的，诗的要点是表现自我，而后通过自我去感化众人。在诗学的范围内，人们一般都认可诗的“无用”论，诗一般并不直接作用于社会，它的影响是间接的、渐进的、缓慢的。孔祥敬也写我们此刻认为的“无用”的诗，但依我观察，他似乎更注重“有用”的诗。《英雄归来兮》写的是身经百战、解甲归田、现年八十七岁的李文祥，孔祥敬冒雨造访老英雄，当面读给他听，引得英雄“连连点头”。他的许多诗章都是为现场朗诵而写，他看重诗的这种“有用”。

人生最大的境界是梦境，诗歌也是。也许梦之外是虚空，但梦之中充实。人生的欠缺或虚妄是靠梦境来填补的。梦里有花，有果，有山水平川，有美丽田园。愈是没有的，便愈是追求；愈是追求，便愈是化艰难困阻为最终的美丽。也许追求的中途有险仄，甚至危难，但只要向前冲破那重重险阻、层层障碍，到达的则是一种圆满。人生可能并不都是美丽，但追求的过程总是美丽的。梦因人而异、因境而异，但追梦怎么说都是一道美丽的风景。它可能是弧线甚而曲线，但因为是弧线，是曲线，反而比直线更美。

孔祥敬以诗寻梦，以诗证梦。个人梦、家园梦、民族梦、国家梦，其立意在于把生命的过程诗化为一个追逐梦境的过程。个人事业顺遂、家庭美满是小梦境，民族和睦、国事兴隆是大梦境，人类和平、天下大同是遥远的梦境。凡夫俗子、平民百姓祈求国泰民安，是平凡梦。有的梦能实现，有的梦终究只是梦，但有梦或无梦的人生却大不同。孔祥敬有诗《我们的梦永远年轻》，说的是：少年时把梦写给黎明，青年时把梦写给云层，中年时把梦写给天空，老年时依然有梦，把梦装入信封。一生做梦，梦是永远，即使是夕阳之梦，也在期待着又一个黎明。这是何等宽广的胸襟！

写了这么多，我似乎还有话。但是，我只能就此打住，毕竟话不宜多。最后要点题了，这就是我最想说的，读孔祥敬，由于他的勇敢坚持，不由得从心中跳出一个“敬”字来。

（作者系当代著名文艺评论家、诗人、作家，北京大学中国新诗研究所所长、教授）

目 录

上篇　颂歌

下篇 牧歌

上篇／

颂歌

／
2

致太阳／

那个激情燃烧的东方之魂
把早晨的苍茫蝶化为复兴的梦想
把奴役、压迫、屈辱与苦难扔进太平洋
浴火涅槃出一只金色的凤凰
于是在黑土流金的北方
大豆遍野
高粱茁壮
红叶在解放的白桦林里和鸟儿一起歌唱
于是在渔舟唱晚的南方
晓风绕堤
帆樯成行
灯火在开放的江河里与舞动的霓裳一起荡漾

3

于是在四季牧歌的西部
羌笛九曲
彩云飞翔
笑声在辽阔的草原与牧羊的鞭子一起甩响
于是在崛起的中部
山清水秀
酒美茶香
新诗在楚辞汉赋唐诗宋词的土壤中
与建设的号角一起生长……
万物将永远仰望那个燃尽黑暗
燃亮东方的太阳
人类将永远铭记那面旗帜上
写就的崇高理想
今天，我的诗已赞颂了昨天中华民族
曾照耀全球的辉煌
明天，我的诗还要去讴歌
未来中华民族影响世界的乐章

托起太阳，献上我的敬仰

每个清晨

我很早很早就叩拜大地

多么想多么想第一个托起太阳

献上我的敬仰

每个夜晚

我很晚很晚才进入梦乡

多么想多么想第一个捧着月亮

为您的又一个黎明梳妆……

您是如此的华贵

红的玛瑙绿的翡翠紫的水晶

沿丝绸之路满目琳琅环佩叮当

5

您是如此的神奇
珠穆朗玛的旗云幡然万千气象
万里黄河万里长江
舒展着金色的银色的哈达
奉献着爱情
奉献着幸福
奉献着自由
奉献着如意吉祥……

您是如此的儒雅
在您左手紧握的长卷里
散发着四书五经楚辞汉赋清明上河图的墨香
在您右手摇动的竹扇上
激荡着唐诗宋词元曲明清风流人物的咏唱

您是如此的瑰丽
甲骨青铜秦砖汉瓦古玩珍宝上
镌刻着您几千年的岁月沧桑
神话传说百家争鸣二十四史里

记录着您惊世骇俗的乐章

您美丽富饶的江山
也曾有过封闭的困惑与惆怅
那是鸦片战争的列强
侵占了一个九百六十万平方公里的家乡
一代代仁人志士
不畏艰辛远涉重洋
苦苦地寻找真理的光芒
推翻帝制
迎接十月革命的炮响……

您牧歌田园般的生活
也曾有过刀光剑影鸡犬不宁的悲伤
那是九一八事变的洋枪
疯狂地扫射着先辈们的热血胸膛
从卢沟桥雄狮怒吼的声响
到三山五岳合奏《黄河大合唱》
一个个英雄儿女

赴汤蹈火在大豆高粱生长的地方

前仆后继在芦苇荡青纱帐

浴血奋战在巍巍太行

保卫黄河保卫家乡

十四年抗战终于赶走了凶残的豺狼……

于是，您像一只烈火中涅槃的凤凰

更新出一个更加完美的形象

于是，您像一轮鲜亮无比的太阳

冉冉升起在世界的东方

从此，雄鸡报晓

中国人民站起来了

从此，换了人间

天翻地覆慨而慷

您战胜了政治孤立经济封锁军事威胁金融危机

为中国之舟举旗领航

您自力更生艰苦奋斗治好了战争留下的累累创伤

您战胜了饥饿干旱洪涝地震与瘟神带来的国殇

您打开国门西为中用抒写着建设家园的巨著华章

哦,

我看到了,中国红旗在联合国大厦高高地飘扬

我听到了,中国国歌一次次在奥运会上奏响

我看到了,中国领袖一次次走上世界讲堂

我听到了,中国制造一次次赢得市场经济的鼓掌

我看到了,中国侨民一次次为故乡的富强热泪盈眶

我听到了,中国军人一次次为维护世界和平步履铿锵

全人类啊都在注目着中国现象……

我是您幸运的儿郎

我是您热爱的儿郎

我是您关怀的儿郎

我是您自由的儿郎

我也是您最期望的儿郎

请允许我燃放十三亿簇烟花庆祝您的辉煌

请允许我点燃十三亿炷高香祈祷您的安康……

中国梦之歌

烟雨
古镇
新城
十里桨声帆影

柳浪
竹笛
牧童
百里桃花别样红

雪域
骏马

苍鹰

千里沙漠走驼铃

我的祖国啊

旭日喷薄

霞蔚云蒸

椰风海韵

万里雁阵排长空……

刚刚苏醒的山谷

小溪叮咚

刚刚苏醒的大河

欢呼奔腾

刚刚苏醒的森林

百鸟争鸣

这生生不息的歌手

唱着古老而又年轻的中国梦

我静静地听那远方的音律

像是盘古挥动巨斧开天辟地

像是女娲炼石把天修补

像是伏羲结网教人捕鱼

像是神农尝百草四处寻医

像是轩辕拿着兵器打狼驱虎

像是大禹正在治水还没有休息……

哦——

神话的世界

远古的氏族

开辟了皇天

开垦了后土

养育了黑头发黄皮肤的后裔

翻开汉字排列组合的史志典章

我们读出了

仓颉结绳狩猎

用象形符号造字的智慧灵性

我们读出了

甲骨文陶文金文

刻着殷商王朝的鼎盛

我们读出了

春秋五霸战国七雄

诸子百家的浩然长风

我们读出了

大汉江山文景之治国富民兴

四海备受推崇的汉学之风

我们读出了

大唐盛世贞观之治商船泛海五洲朝拜

诗圣乐圣画圣星耀长空

我们读着

《诗经》楚辞汉赋唐诗宋词元曲

名著琳琅字字珠玑句句晶莹

我们读着

《春秋》《左传》《史记》《汉书》卷帙浩繁

汗牛充栋行行有魂篇篇生情

我们为之而自豪

因为我们有人类最伟大的列祖列宗

我们为之而骄傲
因为我们曾拥有世界上最灿烂的文明

也许是因为骄傲
我们的帝王开始了妄自尊崇
也许是因为骄傲
我们的将相开始了闭锁国门
也许是因为骄傲
我们的诸侯开始了故步自封
也许是因为骄傲
我们的民族仍陶醉在昨夜星辰之中

此时
中国大陆
吴敬梓高举带刺的长鞭
抽打科举制度下扭曲的儒林众生
曹雪芹已挥动如椽巨笔
勾勒封建社会腐朽没落的缩影
龚自珍仰天长啸

我劝天公重抖擞

不拘一格降人才

几度醉罢几度醒……

此刻

大洋彼岸

神州四大发明正助推着欧洲的科学复兴

英国人已开始用蒸汽机

大张旗鼓地进行着工业革命

西方那颗贪婪的星

正偷偷窥视东方那座神秘的紫禁城

那年

鸦片燃烧的烟灯

终于熏昏了孤儿寡母的晚清

海上的坚船利炮

吓傻了积贫积弱无可奈何的朝廷

那月

堂堂正正的华人

变成了半殖民半封建半疯半傻的百姓

那天

方方正正有棱有角的汉字

在不平等条约上签下了割地赔款卖国求荣

那夜

圆明园闯进了两个强盗

一个掠夺

一个放火

雨果笔下的悲惨世界

笼罩了整个亚细亚的天空……

我神话播撒的圣土

就这样被强盗一块又一块地瓜分

我精神参天的秀木

就这样被强盗一次又一次地毁损

我稀世罕见的珍宝

就这样被强盗一回又一回地鲸吞

我圣人先贤编纂的经典

就这样被强盗一场又一场地火焚

我貌如西施贵妃的美丽
就这样被强盗一遍又一遍地蹂躏……

中华民族
这个让马可·波罗为之惊叹的民族
长着盘古夸父的脊骨
流着三皇五帝的血液
有着秦皇汉武的英气
藏着唐宗宋祖的大气
怀着杨家将岳家军忠烈报国的勇气
这是一个善良的民族
这是一个大度的民族
这是一个智慧的民族
这是一个不可战胜的民族
这个民族会像追赶太阳一样追寻自己的梦
多少仁人志士
不怕九死一生
多少英雄豪杰
不怕英勇就义

从三元里举旗抗英

到洪秀全的太平天国运动

从戊戌变法义和团运动

到武昌城头飘扬“九角十八星旗”的

　辛亥革命

从学习西方的新文化运动

到高扬民主与科学旗帜的五四运动

从留洋梦到大国梦

从启蒙梦到尊严梦

从民主梦到共和梦

从蓝色的梦到红色的梦

终于，民族复兴的梦

像一轮喷薄而出的太阳在东方升腾

那是一个政党

高举旗帜在南湖的一条船上筑梦

这支红色队伍

靠一颗北极星

在草地雪山上筑梦

这群民族的精英

靠一所学校

在延安窑洞里筑梦

这一批英明领袖

靠一张地图

在西柏坡往来飞驰的电报上筑梦

那位伟人代表翻身的中华民族

在耸立的麦克风前

在高高的城楼上宣布

中国人民站起来了

中华民族获得了新生

从此

我们在战争废墟上筑梦

让开工的礼炮为新中国的建设而鸣

我们在改革的旗帜下筑梦

让创新的灵光投向崭新的天空

我们在开放的灯塔上筑梦

让四海五洲的航线迎接中国的航程

我们在田野筑梦

让播种的金色兑现禾下乘凉的许诺

我们在沙漠筑梦

肩扛绿色让沙尘暴不再肆虐

我们在草原筑梦

让牧人的鞭子从白云的头顶甩过

我们在江河筑梦

让优美的诗篇摇着渔舟飞越

我们在太空筑梦

让宇航员每时每刻为全世界授课

我们在大海筑梦

让潜艇航母守护我们梦的安详与平和……

中国梦

人民的梦

富民强国之梦

有了中国梦

我们的旗帜更加鲜明

我们的信念更加坚定

有了中国梦

我们的追求更加神圣

我们的激情更加沸腾

有了中国梦

我们的事业更加兴盛

我们的爱情更加真诚

有了中国梦

我们的生活更加丰盈

我们的精神更加年轻

中国梦

蘸着江南的烟雨

晕染了一座座美丽的古镇新城

中国梦

摇着黄河的晨曦

把村歌牧笛织入金色的憧憬

让我们

一起去寻梦

一起去追梦

一起去筑梦

一起去圆梦……

我们的梦永远年轻／

少年时

我把梦写给黎明

那飘逸的红领巾

在东方燃烧一片灿烂的风景

你是我的早晨

我是你的剪影

风牵引着

光牵引着

我们的梦长出了海面

我们的梦长出了地平

我们的梦长出了树梢

梦的脸上露出了一个世界的笑容

那是三月桃花一样可爱的笑容

那是五月杜鹃一样烂漫的笑容

那是七月荷花一样纯情的笑容

那是九月葵花一样执着的笑容

我们的梦像早晨的笑容一样年轻……

青年时

我把梦写给云层

那青春的手臂

向宇宙舒展一道神奇的风景

你是我的蓝天

我是你的剪影

风牵引着

光牵引着

我们的梦在狂风中穿行

我们的梦在骤雨中穿行

我们的梦在闪电中穿行

梦的翅膀拍打着一首首奋斗的战歌

那是海燕掠过惊涛时的歌声

那是雄鹰冲破闪电时的歌声
那是凤凰搏击狂风时的歌声
我们的梦像奋斗的歌声一样年轻……

中年时
我把梦写给天空
那火热的诗情
为大地描绘一幅幅辉煌的风景
你是我的太阳
我是你的剪影
风牵引着
光牵引着
我们的梦在弯曲的江河里播种
我们的梦在广袤的大地上播种
我们的梦在起伏的峰峦上播种
梦的目光里有无数双闪烁的眼睛
那是爷爷的一双饱经沧桑的眼睛
——祈盼沃野万里五谷丰登
那是父亲的一双坚毅不屈的眼睛

——祈盼民族精神千秋传颂

那是母亲的一双慈祥和蔼的眼睛

——祈盼秀美家园永世安宁

我们的梦像闪烁的眼睛一样年轻……

到了老的时候

我把梦装入信封

那落日的邮戳

把远山染成一层层瑰丽的风景

你是我的晚霞

我是你的剪影

风牵引着

光牵引着

我们的梦没有了惊恐

显得是那样的平静

我们的梦没有了浮躁

显得是那样的厚重

我们的梦没有了虚伪

显得是那样的深情……

哦——

那梦的身影正悄悄地藏入苍茫的暮色中

那梦的灵魂正悄悄地藏入起伏的群山中

那梦的音符正悄悄地藏入归鸟的树林中

我把梦装入我未来的梦中

我们也共同在梦里追求着又一个梦

就像夕阳的梦在期待着又一个早晨

我们的梦永远永远年轻……

向北，向北奔流的生命

奔流　奔流　奔流吧
这些激情的浪花
这些激昂的波涛
汇集在一起
凝聚在一起
卷起生命的旋律
卷起生命的力量
向北，向北
奔向三千里渴望的北方

向北，向北奔流的生命
蓝天　白云　太阳鸟

跟随着起伏的绿色徜徉

星星　银河　月亮船

伴随着弯曲的流水欢唱

欢唱吧　欢唱吧

北方那一条条干涸了多年的河床

欢唱吧　欢唱吧

北方那一群群沙哑了多年的牛羊

欢唱吧　欢唱吧

北方那一个个大地的歌手

快从草丛中站起来

振翅高歌吧

唱出你们的迷茫

唱出你们的芬芳

北方那一只只天空的歌手

快从森林里飞出来

舒展歌喉吧

唱出你们的忧伤

唱出你们的梦想

向北，向北奔流的生命

清清亮亮

浩浩荡荡

北方的原野

呼吸着南方之水的灵气

一朵朵牵牛花　苜蓿花　蒲公英会开得更加漂亮

北方的城市

沐浴着南方之水的秀气

一栋栋楼　一座座桥　一盏盏灯会变得更加鲜亮

北方的乡村

环绕着南方之水的神韵

一株株红杉　一棵棵青松　一行行白杨会长得
　更加昂扬

向北，向北奔流的生命

纯纯正正

爽爽朗朗

每一滴水中的汉语

每一碗水中的楚辞

每一池水中的汉风

每一湖水中的楚韵
盛满了汉江弄潮儿的性情
盛满了丹江拉纤人的器量

向北，向北奔流的生命
以光影　色彩　线条的灵感
请北方的诗人
用这奔流的光影去行吟
唱出南水北调嘹亮的华章
请北方的画家
用这奔流的彩练去调色
画出南水北调壮美的长廊
请北方的书家
用这奔流的线条去泼墨
书写南水北调的风流气象

奔流　奔流　奔流吧
这些激情的浪花
从陶岔出发

披星戴月

远离故乡

穿越伏牛

穿越黄河

穿越太行

向北，向北奔流

这些激昂的波涛

不分昼夜

追逐向往

奔流入冀

奔流入津

奔流入京

奔流到生命最渴望的地方……

寻梦中原

那年

我捧着一部两千多年的《楚辞》

把

路曼曼其修远兮

吾将上下而求索的诗句

从秭归的江岸读起

寻梦中原向北而去……

那月

我捧着苏东坡的《赤壁怀古》

把

大江东去

浪淘尽千古风流人物的词句

从晚归的渔舟唱起

寻梦中原向北而去……

那天

我捧着一包沉甸甸的乡土

把

慈母手中线

游子身上衣的故事

从故乡的荷塘讲起

寻梦中原向北而去……

梦在哪里?

我去拜

新郑人文始祖轩辕黄帝

我去求

龙门石窟卢舍那大佛

我去听

少林寺的晨钟暮鼓

寻梦的脚印

已悄悄地扎根中原的沃土

寻梦中原

是一场情感博弈啊

背乡千里

骨肉分离

父母担忧

妻盼子呼楚地楚语几度梦回江汉

枕上泪湿……

寻梦中原

是一场生命考验啊

风雪漫卷

不畏不惧

闪电暴雨

不挠不屈

楚声　楚物

几度梦归故里熟睡老屋

寻梦中原　是一场灵魂升华啊

德行天下

天下为公

广结兄弟

楚风　楚韵　几度梦醒牧笛……

于是，中原

留下了一个奋斗者的影子

于是，中原

站起了一个骄傲的名字……

风流中原

这里
是用黄河的乳汁喂养过的地方
每一缕春风
都飘荡着蜜蜂带来的花信和甜美的芬芳
每一阵夏风
都飘荡着布谷鸟带来的晨歌和金黄的诗章

这里
是用汗珠浸润过的地方
每一年秋天的风
都飘荡着云朵带来的祝福和醉人的酒香
每一年冬天的风

都飘荡着瑞雪带来的问候和崭新的希望

那是我魂牵梦绕的大中原

四季分明位居天地中央

那是我如诗如画的大中原

山川秀美处处鸟语花香

那是我可歌可泣的大中原

先贤达人风流人物铸就辉煌

风的流动

才会风生水起碧波荡漾

风的流动

才会风调雨顺五谷丰登

风的流动

才会风驰电掣彰显力量

风的流动

才会风卷如画扶摇直上

乘改革开放之风

乘中原崛起之风

乘建设中原经济区之风
我要为中原而歌唱

走进安阳
那张刻满甲骨文象形符号的名片
正递给前来拜访的异域国王
走进洛阳
那尊淡定自然的卢舍那大佛
正把美轮美奂的微笑投向前来发愿的客商
走进登封
那天地之中建筑群上的风铃
正摇动着百家争鸣社会的和谐乐章

风流中原
黄河荡桨
从三门峡经小浪底
过桃花峪到大宋汴梁
沿着哺育过诗圣　画圣　乐圣的河床
大坝　飞瀑　桥梁

船上是啼不住的诗行

绿树　芳草　牛羊

两岸是看不尽的画廊

天鹅　水鸭　鱼虾

水中是流不完的歌唱……

风流中原

潮涌城乡

透过高速网络的视野

透过飞奔的列车之窗

透过空中鸟瞰的影像

在老子　孔子　庄子　墨子的老家

你会看到

继往开来的旗帜正高高飘扬

在智圣　科圣　医圣　商圣的故乡

你会听到

开放带动人才强省的战鼓正咚咚擂响

在诞生愚公精神的王屋山上

在凝铸红旗渠精神的太行山上

在生长焦裕禄精神的焦桐树上
你会望见
工业现代化、新型城镇化、农业现代化建设
正拉开火热的战场

这是又一次中原逐鹿
这是又一次中原突围
十八个罗汉
智勇双全势不可当
一百零八位好汉
学贯中西比学赶帮
中原啊
又一次高举旗帜标定航向
中原啊
又一次不折不挠乘风破浪

风流中原
百花齐放
中原作家　诗家　画家　书家

各领风骚博厚深藏
中原豫剧　曲剧　越调　话剧
流派纷呈兰蕙芬芳
中原音乐　舞蹈　杂技　影视
群星璀璨流彩溢光

我们注目春日之牡丹
我们欣赏夏天之荷花
我们品评秋季之山茶
我们敬仰腊月之梅花
哦，中原花园多芬芳
任我去品尝

在中原的风流中
我们打开书窗
在中原的风流中
我们放开眼光
在中原的风流中
我们摇开梦想

中原以其博大而又丰厚的土壤
在展示文化之根
在展示文化之魂
在展示文化之力量

风流中原
伏惟尚飨
黄河黄沙黄土
炎黄二帝光芒万丈
列祖列宗功绩辉煌
英雄好汉保国兴邦
仁人志士奋发向上
圣贤达人修德肃纲
才子佳人歌赋华章
从不屈的人
不跪的人
不改姓埋名的人
到归来的英雄

从平凡的人

平静的人

平常的人

到驾驶神舟去揽月的姑娘

从土生土长的中原人

走南闯北的中原人

到五湖四海来中原创业的人

中原的天空繁星闪耀

中原大地聚集人才不同凡响

哪里有了中原人

哪里就有了一种梦想

哪里有了中原人

哪里就有了一种希望

中原，我的母亲

一轮永远美丽的月亮

中原，我的父亲

一颗永远不落的太阳

我歌唱

歌唱中原的古老与辉煌

歌唱中原的现代与奔放

我祈祷

中原的明天更加美丽绚烂

中原的明天更加富强安康

壮美中原

中原，在梦想里
是漫卷雪花涅槃的禅
雪舞自然
轻盈浪漫
飘入仰韶的彩陶
飘入夏商的铜鼎
飘入春秋的竹简
飘入秦时的砖汉代的瓦
飘入唐诗的意象
飘入宋词的琴弦
也飘入了
中原经济区建设的字里行间……

瑞雪初霁

几只呢喃的紫燕

在寻找归乡的炊烟

烟雾晕染

在楼前屋后缠绕盘旋

几缕思绪

几分惦念

几许期盼

外出打工的儿女呀

快快回家

张贴新农村建设的春联

啊，我壮美的大中原

请诗圣杜甫归来居住这广厦千万间

中原，在梦想里

是踏青的脚印踩出的青春牧笛

笛声沿湿润的小路奔走

惊醒了冬眠的群山

催绿了傍水的柳岸
染红了半坡桃园
一树树杏花
一朵朵牡丹
一株株芍药
一簇簇杜鹃
百花争先
春闹中原
踏青的步履曲曲弯弯
一队嫣然的少女
惹来了一群戴柳圈的青年
吹笛的牧童已渐行渐远
风筝的银线还牵手九十岁的老汉
啊，我壮美的大中原
请张择端再画一幅当代的《清明上河图》

中原，在梦想里
是太阳在收割金色的希望
布谷鸟的翅膀

扇动初夏的时光

晚上还睡在绿色的摇篮

清晨却枕着金海一片

手中有粮心里不慌

中原熟啊天下安

鸟儿问答于滚热的麦浪

千万台收割机纵情地合唱

它们从南向北列阵凯旋

它们自东向西放声礼赞

让辛勤的汗水把布袋装满

让欢乐的笑语把车厢装满

让希望的种子把仓库装满

让幸福的生活把心田装满……

风儿爽了

云儿淡了

一只只天鹅

一行行大雁

穿越西伯利亚的风寒

飞过一万八千里艰险

梦回中原

这里，水草肥美
看不见隐藏的暗箭
这里，沙滩柔软
听不见呼啸的子弹
今夜啊，歇脚在黄河之畔
明天呀，也不再列队向南……

中原，在梦想里
是月光放牧的平安
我回到
四季分明五谷丰登的中原
我回到
天地之中中国之中的中原
遥望群山
龙脉绵延莽莽苍苍
峻岭起伏翠峦顾盼
放眼秀水
溪流潺潺瀑布飞旋

万里长河蜿蜒而远

俯瞰大地

城镇拔地气势如山

产业集聚光耀星汉

道路纵横恰似银练

千里巡游一日还

此时此刻啊

我们已乘坐中原古老而又年轻的航船

巍巍嵩山

高昂崛起的桅杆

大别伏牛太行山

升起改革开放的征帆

淮河黄河荡起了奔向小康的双桨

豫东平原的舞台

已擂响伟大复兴的鼓点

请浪漫的雪花呢喃的春燕

参加一个划时代的联欢

请火热的太阳柔美的月光

捧读亿万人民热爱的诗篇

一起来高唱

我如诗如歌的中原

一起来高唱

我如梦如画的中原

一起来高唱

我厚重壮美的大中原

黄河，桥映三章

第一章　寻找，河之凤凰

关关雎鸠，在河之洲。

百鸟合鸣，凤凰领唱。

我知道

你自河源流经河口镇

越过桃花峪流经花园口

那披在身上的青青布衣

渐渐地染成了飘逸的鹅黄

挟泥卷沙奔向海洋

我知道

你曾率领秦时的兵马俑

登上大雁塔

拜访白马寺

游历清明上河园

寻觅大汉大唐大宋的灿烂与辉煌

我还知道

有一位叫马新朝的兄长

追逐你奔腾的惊涛骇浪

写出一部《幻河》三千行

荣获了鲁迅文学奖

可是啊

我真的才刚刚听说

一对美丽的凤凰

互相拥抱于大河之上

从清晨到夜晚都在幸福地歌唱……

我顺着飘来歌声的方向

跟着牧羊人的鞭响

在看似蛮荒却疯长庄稼

和芦苇的地方

在似乎原野却衔接都市

与故乡的地方

看见了母亲河流之床

一对相拥而卧的凤凰

一头枕着古老的大河村庄

一头枕着北岸的牧野新乡

请不要去问

哪一个是凤

哪一个是凰

也不要去问

是凰求凤

还是凤求凰

可一定要看清啊

哪一个是迎接你的高速车辆

哪一个是送别你的高铁车厢

列车似箭

汽车如梭

南来北往

北来南往

就像这凤凰

歌唱着郑新黄河大桥的华美乐章……

第二章　回望，桥之意象

天苍苍，野茫茫

谁知大河之桥梁

上帝啊，

请借给我一卷描写桥的经典

请借给我一束远望桥的目光

让我蓦然回望大河之上桥的意象

武王伐纣踏过的简支木桥梁

记载着勇士攻克朝歌时的威武雄壮

秦汉时代的“渭水三桥”

流动着帝王迎来送往的皇恩浩荡

隋文帝时的石拱灞桥

影印了

“灞水东南来，逶迤绕长安”的风光

盛唐时代铸造的蒲津浮桥

铁牛铁人锚住的铁索链

闪耀着中国冶炼高超艺术的不朽光芒

张择端笔下的汴梁木拱桥

栩栩如生地复制了

一幅东京梦华的清明气象……

我们的祖先曾为此自豪

我们的母亲也曾笑傲海江

大河万里长

处处有桥梁

或跨越天堑

或锁钥关隘

或雄峙峡谷

或卧波平原

或莅临海洋

那独特的姿态

化作了无数诗的意象……

此刻啊

我的目光扫瞄着三千多年异彩纷呈的桥梁

越过北宋移过元明清的河殇

（也越过德国人、比利时人营造的钢铁桥梁）

凝视刚刚涅槃的凤凰

从上到下细细地打量：

它的脚坚实而又稳固地

扎入纵深的河床

它的腿光滑而又健壮地

扛起 11645 米的身长

它宽阔的脊梁

可以双向行驶六台豪华车辆

我想称一称它的重量

看它是瘦还是胖

桥梁专家潘国强说：

郑新黄河大桥
钢筋重 126547 吨
水泥重 401835 吨
还有 39334 吨不同型号的钢梁
啊，
这么多的水泥靠谁来灌装？
农民兄弟举起了粗壮的手掌！
这么重的钢铁靠谁来扛？
工人兄弟挺起了智慧的胸膛！

那一根根基桩
那一根根枕木
那一根根钢梁
还有那 247 万套高强螺栓
是怎样不差一丝一毫一厘
精确无误地对接安装？
那一袋袋泥沙
那一块块石子
那一桶桶沥青

还有那 228.5 万平方米的路面
是怎样在 160℃以上的高温燃烧冷却
黏合积压成平平展展坦坦荡荡?

我们不要去问寒冬的月亮
我们不要去问炎夏的太阳
我们不要去问风问雨问时光
我们问一问身边的野草野花
就可以知道
是平凡的劳动者
是无私的奉献者
是崇高的追求者
在这里抒写大气磅礴的“桥之意象”

此时，施工的帐篷已经无影无踪
此时，那热火朝天场面已装入背囊
大桥的设计者已在设计另一座桥梁
大桥的建设者已搬迁至另一个战场
大桥的管理者正意气风发抒写新的篇章……

第三章　向往，诗之梦想

河流，舟之摇篮

桥梁，船之梦想

抚摸边桁倾斜的钢桁梁

像是在抚摸凤凰的翅膀

那六翼舒展的灵感

怎能不让你的诗情飞翔

我猜想

修这座桥的农民兄弟

一定会带着山外打工的老乡

来欣赏这座桥梁

叙说每逢佳节

如何离不开工地

把挣来的工钱寄给亲爱的爹娘……

我猜想

修这座桥的工人兄弟

一定会带着心爱的姑娘
来夸奖这座桥梁
叙说花好月圆时
工地争分夺秒
让她一个人煎熬孤独与惆怅……

我猜想
修这座桥的专家学者
一定会带着自己的同行
来研讨这座桥梁
叙说创新的构造
赞美桥的质量

啊，高速的梦满载着诗行
我的思绪又一次翱翔……

三月，我们的人民代表
把民情民意装满车厢
从这座大桥上驶过

五月，我们的英雄模范
把劳动的喜悦装满车厢
从这座大桥上驶过
七月，我们的先进党员
把执政的经验装满车厢
从这座大桥上驶过
九月，我们的父老乡亲
把丰收的硕果装满车厢
从这座大桥上驶过……

啊，从清明到端午
从中秋到春节
我们的兄弟姐妹
把思乡的忧伤装满车厢
把故乡的希望装满车厢
从北方驶向南方
从南方驶向北方
从中原驶向四面八方……

啊，我无法遏制的思想

就像这大河奔涌的波浪

我亲爱的朋友

请快来读一读这大河两岸风流人物的诗行

请快来听一听这大河之上孪生凤凰的歌唱……

郑州之东，我亲爱的新郎

是彩云在这里飘荡
还是花儿在这里开放
是鸟儿在这里飞翔
还是诗人在这里歌唱——

清晨
我轻轻地站在您的身旁
您那均匀的呼吸
像运河在自由地荡漾
那英俊的脸上
洒满了万道霞光
我不想惊动您的梦想

让风儿牵着手
沿柳岸徜徉……

我在想
五千多年前天地玄黄
这里曾是中华民族的发祥
晨曦里
先民们垒土筑墙
用多间相连的排房
构建一个远古的大河村庄
月光下
他们凭借智慧之光
以天象纹彩陶的形象
记忆着仰韶文化的典章

我在想
两千年前人间沧桑
这里曾是逐鹿中原的战场
残阳下

关云长横刀立马

诛文丑

斩颜良

古渡旁

袁曹对峙弓如月

破乌巢

袭军粮

官渡之战天下扬

我在想

六十年前地覆天翻

这里曾是中华儿女的国殇

花园口的滔天浊浪

野兽般肆虐

吞噬了我的兄长

淹溺了我的爹娘……

是谁

力挽狂澜

高奏《黄河大合唱》

是谁

高举旗帜

又一次升起太阳

挺直了一个民族的脊梁

我在想

五年前荏苒时光

这里曾是我们初恋的地方

白天

我们劳动在脚手架上

看起重机自由升降

听打桩机铿锵激昂

傍晚

我久久地久久地依偎在您的胸膛

那怦怦的心跳

像风儿轻柔地摇动着月光

幸福中

我不想惊动您的思想

任梦儿甜蜜地流淌……

啊，

郑州之东，我亲爱的新郎

当初是谁托起您的这个梦想

如此地磅礴

如此地雄壮

如此地宽敞

啊，

郑州之东，我亲爱的新郎

我想问

当初是谁将您打扮成这般模样

如此地俊美

如此地眼亮

如此地神往

啊，

郑州之东，我亲爱的新郎

我想问那一片片

绿色的

红色的

多彩的韵律

可是我们新婚的嫁妆

我想问那一幢幢

巍峨的

古典的

现代的新房

可是我们新婚的诗章

我想问那一条条

弯曲的

流动的

交织的河流

可是我们新婚的歌唱

新郎啊，

我还想问那一座座

张扬的

弯曲的

多姿的虹桥

可是我们新婚的梦乡……

啊，

郑州之东，我亲爱的新郎

这里是彩云飘荡的地方

这里是花儿开放的地方

这里是鸟儿飞翔的地方

这里是诗人歌唱的地方……

水润绿城

绿城
最先是
两只小鸟
从梧桐树上叫起
叫响了你的名字
时间
长成了历史
楼房
长成了森林
长成了山峰峭壁
鸟儿一群群飞来
盘旋着

高叫着

纵情交织的河流

是你蓬勃生长的根系

鸟儿飞向西南

看不见的手

解开了

南山拴马的绳索

抓住了

贾峪沟长长的龙须

索须河从大榆树根出发

背着渔网扛着渔叉

踏着蒲草

走入一个名叫祥云湖的家

鸟儿向东飞翔

看见了金水河诗的意象

子产

伫立河岸

似乎与游人交谈

“宾至如归”的感想

弦高

沿河边向滑国行走

他赶着十二头肥牛“犒师”

避免了郑国的一次灭亡

为什么

自己碰见了自己的影子

那个荷枪的战士

笔直地站在河的身旁

鸟儿飞临 CBD 上方

鳞次栉比的楼群

日日夜夜

吮吸如意湖美丽的营养

我有些饥渴

坐在“大玉米”的餐吧

一边喝着咖啡

一边品尝扑面而来的无限风光

这景外之景的意境

如何也挡不住

诗人与鸟儿一起欢腾歌唱

鸟儿翔集

飞过熊儿河

越东风渠七里河

绕圃田泽三匝

沿贾鲁河向西北寻觅

象湖　龙湖

一派象外之象

飞翔

飞翔飞翔

低旋

低旋低旋

倾听

倾听倾听

听到了

听到了听到了

鸟儿向龙子的问话

听到了

听到了听到了

龙子温文尔雅地回答 ——

中国诗井 ╱

在巩义

有一口井

距笔架山不过百步

有人说，喝了井里的水就会写诗

有人说，喝了井里的水就会梦见杜甫

谁不想喝上一大碗

这中国诗井流出的唐诗

这口井凝望星空

分明是一只深邃的眼睛

可以看见

朱门酒肉臭

路有冻死骨

这口井俯首大地

分明是一副空灵的耳朵

可以听见

战马悲壮鸣

吏怒妇啼哭

这口井仰天长啸

恰似一腔放歌的喉咙

可以纵酒吟国殇

可以愁来赋别离

可以少壮唱大风

可以孤臣诉迟暮……

在巩义

这口中国的诗井

距笔架山不过百步

从唐朝算起

已经有一千多岁的年纪

塔之思

大地托起一尊巍峨
昂起沉重又多思的希冀
期待而圆睁的瞳孔
每天迎壮美的晨曦
送灿烂的落日
云从头顶飘走
鸟从肩下飞去
雾缠绕着朦胧诗
风卷起彩色的外衣
剥落一叠叠古老的传奇
雨撩开凶狠的抹布
擦洗一串串读厌的故事

时光流逝
一切在季节中悄悄推移
地心的呼吸
推动一河忘却的记忆
太阳的眼睛
喊醒万卷熟睡的历史
作为顶天立地的汉子
投射大地的却是一条倾斜的影子
作为城市的名字
人们已不关心它存在的意义
它在冷落中挺立
它在寂寞中沉思

夜睡了，星光是它沉默的烟蒂
夜醒了，晨风是它奔驰的思绪
太阳是那样火红壮丽
云朵是那样洁白飘逸
小鸟是那样自由欢喜
雾霭是那样朦胧神奇

周围的世界在匆匆变移
新伙伴闪电般从身旁崛起
脚下的路移动了位置
拓宽的黑色河
流动着都市交响曲
流动着一个崭新的世纪

一切都在季节中迅速变移
流动的冷落了静止
现实的冷落了过去
历史是个古老又年轻的话题
谁也锁不住自然前进的步履
历史终于把巍峨交给现实
从此
在纪念塔出生的地方
留下一个笔直的影子
和一串不朽的名字……

清明，去开封读诗

在光与影的交织中
风儿吹着
吹着一个城市的童话
清明，去开封读诗
诗的眼睛
已是走在御街上的灯笼
风流过朱户罗绮
曲绕过茶坊酒肆
琼阁上若隐若现愁绪
如同移动的月影

在光与影的交织中

风儿吹着
吹着一个城市的童话
清明，去开封读诗
诗的眼睛
已是挂在铁塔上的风铃
闪电劈过的双臂
炮弹炸过的腰脊
洪水淹过的双膝
泥沙仍埋着疼痛
不离不弃的土地
挽留一个顶天的身影

在光与影的交织中
风儿吹着
吹着一个城市的童话
清明，去开封读诗
诗的眼睛
已是长在汴河里的星星
相国寺的晨钟缠绕隋堤烟柳

夜雨金池沐浴着州桥月明

梁园飘来的宋韵古风

让心神且走且停

开封

一半在诗里

一半在画里

恰似这船儿摇醉的倒影

卢舍那的微笑／

卢舍那在微笑

笑得典雅

笑得庄严

笑得宁静

笑得慈祥

那微笑着的面容

淡定自然

智慧净满

像普照的日月凝固永恒向往

卢舍那的微笑

始自中国的盛唐

当她从涅槃的巨石中醒来

目光下

香山龙门对峙

伊水潺潺流淌

奇花丛丛

仙草菲菲

绿树叠翠

莽莽苍苍

悬崖峭壁

窟龛密布如蜂房

肃然十万造像

碑刻林立

宝塔熠熠

晨钟暮鼓

梵音缭绕

法器悠长

琵琶峰上九老歌

香山赋诗夺锦袍

一派魏风唐韵皇家气象

在微笑的春风里
卢舍那为前来礼佛的
帝王将相官宦商贾
开启超越权欲贪婪
一切向善的灵性佛光
在微笑的夏雨中
卢舍那为前来发愿的
僧侣尼姑文人墨客
开启超越世俗炎凉
一切唯美的佛学思想
在微笑的秋叶上
卢舍那为前来祈求的
善男信女庶民百姓
开启超越生老病死
一切求真的法界天堂……
一百年过去了
一千年过去了
卢舍那

把微笑撒在伊河
迎来日圆月缺
送走朝兴帝亡

卢舍那的微笑
是一种禅思
那些不留名的工匠
用智慧
把一块块冰冷的岩石
注入温暖
注入血液
注入情感
注入灵魂
营造一个个完美的精神形象

卢舍那的微笑
是一种禅意
那些菩萨弟子天王力士
用虔诚面对朝代更迭

俯首人间沧桑

依恋守望沐浴着灵性佛光

卢舍那的微笑

是一种禅语

那些络绎不绝的游客

发愿弃恶扬善子孙满堂

祈望风调雨顺福禄寿长

卢舍那微笑了千年

笑出了至美

笑出了至善

笑出了至爱

笑出了至尊

笑出了一个辉煌的洛阳

笑出了一个灿烂的东方

函谷之道

那个紫色尽染的秋天
你骑着一头青牛
开始西行
是去归隐
还是远游
函谷关以何等的盛情
留住了你的步履
留住了你的从容
也留住了一部中国人的圣经

朝代更替
不见了多少帝王将相

时光穿梭

送走了多少英雄

那部刻在竹简上的道与德

犹如日月

不舍昼夜

与天与地与人与自然息息相通

不论是黄眼睛

还是蓝眼睛黑眼睛

一束一束渴求的目光

都在读着你那五千言经典

一字一词一方圆

执重清静

一笔一画一河流

泽物不争

一句一段一哲理

潜心修行

一章一卷一世界

天下玄同

函谷之道

已找不见那头青牛的蹄印

你向西而行的踪影

却留在了秦岭汉水

武当山七十二峰

你不同凡响的心音

一次又一次敲响岁月的暮鼓晨钟

荆紫关之思

开满山坡的紫花撒满山谷的荆籽哪去了

江南杂沓而来的马帮大漠悠扬而来的驼铃哪去了

顺流而下的船工逆流而上的纤夫哪去了

呦，九曲丹江流千卷船歌百代闯江号子

只留下古街古楼古店古渡古色古香的古迹

只撒下有头无尾的神话传说英雄故事悲壮的史诗

风掣动关楼上的风铃无限的过去未来遥相呼应

欸乃的橹声荡去了漫川的泪两岸的叹息

飞来的鸟问天问地问名关灿烂的历史

飘动的云问山问水问古镇未来的风姿

天是参照地是坐标历史刻下了启示的哲理

山在沉思水在呼唤未来在神秘地招手致意

战争和罪恶的呐喊远去了严酷的夏天

和平与文明的号角迎来了喜悦的秋季

贫穷远去了，愚昧远去了，希望的桅杆已高高升起

苏醒的山民举起旗帜装上知识正播种荒芜的土地

自由的船工扬起风帆荡起双桨去讴歌时代的闯江号子

起伏的群峰撒满了太阳般的紫花月光似的荆籽

弯曲的山道飘来了彩云般的车队泉水似的羌笛

哦，九曲丹江涌一卷新诗唱一代新曲

荷 塘

荷塘月色

多么静

静得只有蛙鸣

连风也停止走动

你抱紧吃奶的儿子

和二十一名战友

藏在这里

敌人凶残的枪口

张开狰狞的眼睛

围剿搜索

近了

越来越近了

三十米

二十米

十米

……

空气凝固

蛙鸣早已停止

只有

心

在跳动

你紧紧用手捂住孩子的

口

一秒钟

一分钟

一刻钟

……

敌人终于走远

孩子却永远熟睡在你的怀里

延安抒情曲

那是谁都晓得的延河
很多很多的湾
羊肠一样
站在蜿蜒的岸边
总能听见
那位豪迈的诗人
在波光上歌唱

那是谁都知道的窑洞
许多许多的往事
烟云一样
站在纸糊的窗前

总能望见
那盏永不熄灭的油灯
放射出思想的光芒

那是谁都熟悉的宝塔
太多太多的风雨
飘过身旁
站在高高的山坡
总能抚摸
峥嵘岁月
凝聚的一个伟大形象

那是谁都想去的地方
好多好多的汉子
赶着牛羊
站在崎岖的路上
总能瞅见
一座座山梁
正招手山花一样的新娘

那是谁都向往的枣园
恁多恁多的脚步
在这里徜徉
站在树下
总能闻到
信风吹拂的自由
带着甜蜜的芬芳

那是谁都会喝醉的梦乡
叮叮咚咚的字是从土里刨出来的
铿铿锵锵的词是用小米养大的
火火热热的调是西北风刮过来的
不信
你到陕北走一趟
抒情的曲子
在山窝里林子里
昼夜不息地流淌

大别山的召唤

你的召唤从现实的风景走入历史的沉思
夕阳透过云隙撒满松林染红纪念碑英雄峰
啼血的杜鹃噙着祭文一遍遍地呼喊倒下的人杰
　鬼雄
苍劲悲壮瑰丽烂漫如火如荼凝固一派光荣

飞翔的春燕欢唱的银鸽可是你涅槃的魂灵
盛开的鲜花鹅黄的野草可是你编织的梦境
流淌的清泉叮咚的小溪可是你自由的呼声
起伏的绿浪飘香的金涛可是你幸福的笑容

元帅归来了，寻找那片烧过野火染过鲜血的枫叶坪

将军归来了，寻找那座长满青藤开满野花的母亲坟
士兵归来了，寻找那个练过刀枪读过列宁课本的红
　军营

那抓一把土能拣出三枚弹壳六块腿骨的大别山哟
雨涸涸的季节与风火火的岁月定格为采茶女舞动的
　倩影
那掬一捧水能映出九座墓碑十二座山峰的大别山哟
响亮亮的鼓角与沉甸甸的壮歌摇出了放牛郎吹奏的
　恋情
历史的召唤从沉思中走入现实的风景
旭日照耀村舍城廓晨风中一缕缕炊烟升腾
欢跳的喜鹊噙着稻穗一声声地呼喊苏醒的山民
开放山门蓬勃峥嵘自强拼搏拓展一代新风

腾冲印记 ／

火山

星星在边边

月亮在边边

云朵也在极边边的小城

燃烧着一片极热极热的热情

那是三十六万年前的梦

在大地的深层

挣扎

奔突

喷发

裂变

梦在火与光中熔化

涅槃了一个响亮的名字——腾冲

我知道

您横空出世时

一定很痛很痛……

贴近大小空山

可以望见您喷薄时

吐出蓝色的火焰

呼唤生命的冲动

抚摸柱状节理

就像抚摸您

从远古到如今

腾冲不屈不挠的个性

黑鱼河

少女纱的涟漪

摇曳了纤细柔嫩的青荇

黛色的河舒缓流动

几朵浪花

吻别圆润的乳

笑出清脆

漂向一弯宽阔的胸

流水自由而恬静

青荇浪漫而舞动

阳光下的画家

把油彩泼入了河中

不知是青荇诱惑了河水

还是河水染醉了青荇

火山下的黑鱼河

静静地流淌着一泓永不衰竭的柔情……

国殇墓园

庄严的熟睡

从军官到士兵

排列成墓碑整齐的队形

组合成中国远征军肃穆的阵容

拾级而上

松涛与鲜花中又传来

军号阵阵

枪声阵阵

炮声阵阵

杀声阵阵

刀光无论如何寒冷

战士只有选择冲锋

剑影无论如何狰狞

英雄只有选择牺牲

这里熟睡的

大都是十八九岁的青年

年轻

英俊

勇敢

战争让他们

告别年迈的母亲

惜别美丽的恋人

长眠在这极远极远的边城

国殇墓园

让每一个前来悼念的人

记住了中国远征军

记住了中国抗日战争

也记住了这群连睡觉也要排列整齐的士兵……

子弹与鸽子

子弹在飞

在士兵的眼睛里飞

飞出的是仇恨

飞出的是凶残

飞出的是使命

鸽子在飞

在蓝天的翅膀上飞

飞出的是美丽

飞出的是自由

飞出的是神圣

腾冲滇缅抗战博物馆

我看到了一个美国士兵

创作的战争与和平

他用子弹雕塑的鸽子

把罪恶变成了美丽

让呼啸的枪声

化作了鸽哨飞翔在天空

倘若把

每一粒子弹

每一发炮弹

每一枚原子弹

都变成鸽子

人类啊，

将有亿万年的太平！

和顺

踏上您的石桥石径

脚下就有马帮行进时

苍凉悲壮的铃声

走进鳞次栉比的老房子弯子楼

眼前依旧是真实淳朴而又传奇浪漫的风情

蓝天白云

野花嫣然

流水潺潺
村口月坛上的少女
捧着一本旧书
读了又读
怎么也读不出您
六百岁的沧桑厚重
河边多思的诗人
举起一杯老酒
喝了又喝
怎么也喝不尽
您六百年的日月峥嵘
榕树下忙碌的画家
端起一壶香茶
品了又品
怎么也品不透
您六百年内和外顺的风景
和顺，一个边境小镇
我多么想把您带回中原
带回一个极远极美的梦……

英雄归来兮

这是一个深情的夏季
热风吹奏牧笛
醉雨滋润沙地
雄鹰在黄河故道盘旋寻觅
李文祥牵着妻子的手
解甲归田回故里

家乡如梦如幻
给他留下了太多太多的记忆
回家的感觉
就像这风吹牧笛一样充满诗意
回家的感觉

就像这雨醉沙地一样分外幸福甜蜜
李文祥把干部身份和优厚待遇装入档案
也把一段传奇装入了历史
李文祥把闪光的荣耀锁进了抽屉
也锁进了一个英雄的秘密……

那是一个难忘的冬季
寒风吹破茅屋
雪压松枝冰封千里
李文祥支农回乡带来了惊喜
也带来了若明若暗的非议
不要工资
不要待遇
不要荣誉
就连贫穷贫困贫瘠的亲人
也难以理解远方归来的游子
无奈的父亲
在街头对李文祥拳打脚踢……

英雄啊，自有英雄志
平静像山顶天立地
英雄啊，自有英雄气
平凡如风威武不屈
英雄啊，自有英雄魂
平常似水自强不息
他和牵手的“南蛮子”妻子
架起篝火另起炉灶
他俩男耕女织相亲相依
他俩带领乡亲修路打井挖沟开渠
他俩种下麦子栽下稻子红薯和玉米……
春夏秋冬逝者如斯
那淡定的岁月年复一年
那淡泊的时光日复一日……

这是一个温暖的春季
和风吹拂杨柳
遍地花香鸟语
李文祥和记者的手握在了一起

激动像一把金色的钥匙
打开了那个坚守了几十年的秘密
兴奋像一缕灿烂的阳光
拨开了那段珍藏了几十年的故事：
济南战役：他曾用炸药包炸开永镇门
淮海战役：他曾打坏了三支钢枪死死堵住敌人
　的去路
渡江战役：他乘风破浪冲上滩头阵地
上海战役：敌兵的刺刀曾戳破他的身体
福州战役：他猛追逃敌曾昏倒在战地
平潭岛战役：他和战友强行登陆威逼敌军举起
　了白旗……

我曾想
李文祥已经八十七岁
我们的人民
为什么要赞美他的事迹
我在想
李文祥是一个农民

我们的人民

为什么要颂扬他的名字

因为啊，我们的土地还缺乏营养丰富的钙质

因为啊，我们的空气还散发着消极腐败的气息

啊，有了李文祥就有了一面镜子

让我们每一个人以英雄名义

去清扫落叶浊水和污泥

啊，有了李文祥就有了一面旗帜

让我们每一个人以英雄的言行

去播种真诚善良和美丽……

英雄归来兮

英雄归来兮

灵魂之鸟

灵魂之鸟

用嘴啄掉羽毛上的血

去飞

带恨的双眼

闪现岁月的惊惶

那轮残阳

像一轮磨盘

从海上滚向大陆

要碾碎炎黄子孙的脊梁

（一队队举着膏药旗的野兽

奸淫、砍头、劈脑

甚至刺穿女人的秘密

割去男人的命根）

铁蹄远去

暮色苍茫

秋风

从纪念碑擦过

一个一个壮烈的名字

闪烁着自由的荧光

灵魂之鸟

用嘴啄了啄爪上的血

继续飞翔

带泪的双眼

闪现历史的仓皇

那条被屠杀过的黄河

那条被蹂躏过的长江

从岸上抓把土

仍能闻到浓烈的火药

（一队队跳下战车的强盗

活埋、投毒、施放细菌

烧光　杀光　抢光

甚至开辟杀人的赛场）

影子飞过船尾

掉下的羽毛

还沾着硝烟带着枪响

秋风

从墓园走过

一座一座坟头

长出了又高又大的白杨

灵魂之鸟

用嘴啄净了身上的血

仍在飞翔

带伤的双眼

闪回时空的荒唐

那时的雪

是一种惊恐悲伤

那时的风

是一种残忍凶狂

灵魂之鸟

飞过枪林弹雨

在炮弹擦过的树枝上

在没有烧尽的原野上

在长满苔藓的悬崖上

飞翔

它呐喊着飞越迷雾

飞越群山　飞越苍茫

它怒吼着飞越闪电

飞越暴雨　飞越灾殃　飞越悲壮

世界已睁开正义的目光

去看东方的天空

海之鸥在飞翔

山之鹰在飞翔

村庄之雀在飞翔

城市之鸽在飞翔

飞翔吧　灵魂之鸟

飞翔吧　和平的翅膀

跨越时空的焦桐之歌

相传很久很久以前，狂风大作，鸟兽躲避，草木低头，只有泡桐树不畏强暴，依然挺胸昂首。狂风发怒了，添加一倍、二倍、三倍、十倍的风力，要把泡桐树刮倒。坚强的泡桐树揣着太阳和土壤给予的力量，挥动树干与狂风搏斗。突然，“咔嚓”一声，泡桐树被刮断，狂风大笑，但笑声未落，泡桐树又发出了一根主干，继续与狂风交战。一次又一次，一年又一年，终于把狂风斗败了。兰考县委书记焦裕禄亲手栽种的那一棵棵泡桐树，已绿荫蔽日，参天挺立，人们称之为“焦桐”。

仰望您立地顶天的形象

我的内心充满着无限敬仰

放眼您那紫霞一样的花瓣

我的思想呼吸着无限的芬芳

我轻轻地走近您的身旁

仿佛听见了一曲《忧伤》的歌唱：

冬春风沙狂

夏秋水汪洋

一年劳动半年粮

扶老携幼去逃荒

卖了儿和女

饿死爹和娘——

啊，

生长在兰考的焦桐树哟

您那折折断断的枝干

经历过风沙的疯狂

您那斑斑驳驳的叶片

听到过洪涝的嚣张
您那弯弯曲曲的根系
见证过盐碱一样的土壤
望着您就让我想起岁月沧桑
轻轻地走近您的身旁
仿佛听见了一曲《苍凉》的歌唱：

那是一九六二年冬天的一个晚上
寒冷
又一次围困着我亲爱的爹娘
饥饿
又一次折磨着我可爱的兄长
恐慌
又一次笼罩着生养我的村庄
整整三十六万条生命啊
沉没在一片悲凉
有人饿倒在逃荒的路上
有人病倒在破旧的草房
有人要卖掉亲生的儿郎——

啊，

生长在兰考的焦桐树哟

望着您就让我想起了一个党的辉煌

轻轻地走近您的身旁

仿佛听见了一曲《太阳》的歌唱：

党把焦裕禄派到了我的家乡

他带着太阳的嘱托

分发救济款

分发救济粮

他带着太阳的问候

送去一条条棉被

送去一件件衣裳

他带着太阳的光芒

点亮一个个思想

点燃一个个希望

多少次他忍受着干渴的折磨

踏着滚滚沙浪

栽下树木

种上梦想

长成一行行绿色屏障

多少次他忍受着饥饿的折磨

顶着电闪雷响

拄着拐杖

探测流量

构筑一道道防洪堤防

多少次他忍受着病痛的折磨

迎着炎炎烈阳

亲口品尝

研究良方

根治盐碱一样的土壤

他多么想回到故乡

看望年迈体弱的老娘

但他却冒着大雪走进一间间破旧的草房

他多么想同年轻的妻子

共享柔美的月光

但他却带着铺盖住进牛棚与农民交流思想

他多么想与自己的孩子

在一起放飞遐想

但他却时时刻刻惦记着一个个青少年的成长 ——

他夜以继日地奔忙

他超负荷地顽强

他实在太累了

他实在太困了

他永远熟睡在

黄河故道的沙丘之中——

春回燕归

我们一起来焦桐树下瞻仰

络绎不绝的人群

脚步轻轻

轻轻的脚步

生怕惊醒一个久远的梦想——

献上鲜花吧

献上一个最高嘉奖

举起祭酒吧

举起一个跨时空的敬仰

点燃烛光吧

点燃一个民族的期望

这里是标准的衡量

多少人重温共产党员的修养

校正人生的航向

这里是神圣的讲堂

多少人用真理的阳光

洗去身上的肮脏

这里是精神的宝藏

多少人举起擎天的手掌

誓师奋斗的理想——

啊，

生长在兰考的焦桐树哟

望着您就让我望见了一个伟大的榜样

轻轻地走近您的身旁

仿佛听见了一曲《奋斗者》的歌唱：

有谁听说过

竹棍儿

秫秸秆儿

鸡毛掸儿

是一个县委书记与病魔搏斗的钢枪

有谁看见过

一条补了四十二个补丁的棉被

一条补了三十六个补丁的褥子

一件无法用补丁再补的衣裳

是一个县委书记的行囊

我在想

如果我们的每一个党员

都像焦裕禄同志那样
我们的党章会更加辉煌
我在想
如果我们每一个县委书记
都像焦裕禄同志那样
我们的党旗会更加鲜亮

我在想
如果我们的每一个公仆
都像焦裕禄同志那样
我们的人民会更加安康

我在想
如果我们每一个人
都像焦裕禄同志那样
我们的祖国会更加美丽富强！

中原大风歌

复兴的风

吹过中南海的门窗

吹蓝了中原的天空

那燃烧的朝霞

飞起嘱托射出万丈光芒

这是晨曦放飞的第一只银燕

它升空盘旋回望

那穿云破雾扶摇而上的姿势

自信轻盈矫健

以蓝天白云的高度

开启灿烂夺目的空中走廊

这是晨曦发出的第一趟中欧班列

拉着响笛奔驰向前

那一路高歌突飞猛进的态势

自豪稳重而又磅礴浩荡

以蜿蜒绵亘的风度

踏歌大漠孤烟

倾听异域飘来的驼铃叮当

这是晨曦开出的第一列高铁

风驰电掣

一展英姿飒爽的气势

以光芒四射的速度

弹指京广

挥手沪陕

把开放的臂膀

伸向四面八方

壮大陆上通道

让中原制造的车轮

奔跑在五大洲友谊之路上

打通水上航运

让中原挖出的矿藏

沿一条条河流远游四大海洋

织密空中丝路

让中原生产的果实

离开土壤长出美丽的翅膀

拓宽网上交流

让中原离世界最近最亲

让世界握住握紧中原的手掌

此时此刻此分此秒

那个叫作 E 贸易的平台

唱着“买全球卖全球”的摇滚

中原蓬勃发展的激情

澎湃卷入了一个伟大时代的交响

复兴的风

吹过巍巍华表

吹暖了中原的土壤

中原熟，天下足

那贝壳一样的小麦

撒入炎黄子孙刀耕火种过的沃野

柔软舒适的白雪被褥
让它们睡过正月
那起床的号只要轻轻一吹
青春的力量揉了揉眼睛
辽阔中原便开始了大海的律动
抽穗的发梢一起一伏
灌浆的怀抱一鼓一胀
骚动着奔波着呼唤着
一眨眼一眨眼的工夫
舞蹈跳跃的翠绿
已是满目金色的波浪
收割机卷起欢唱的词语
装进大中国的粮仓
走进千家万户的厨房

那粒珍珠般的玉米
跑丢了岁月揉皱的衣兜
投入六月的田垄
寻觅列祖列宗的寄托

五体伏地扎下根系

感恩的哨音习习吹来

刚刚伸出的耳朵

小心翼翼地

倾听四周沙沙的儿歌

原来是装在一个布兜的伙伴

齐刷刷列队原野

季节的指令

让它们有了胡须

有了少女头顶上的花萼

孕育着的胸脯慢慢鼓胀

一尊尊黄金宝塔

无论挂在墙上或树上

都能看见它耀眼的风景

正在喂饱故乡

那粒芝麻籽

像一克拉钻石

中原的庄稼汉们

捧起它如同捧起影子

随心所欲地挥洒芒种的身姿

流火的风

把汗滴摔出九瓣

催促它发芽开花结果

开了开了开了

一朵一朵地开

一节一节地开

一片一片地开

结了结了结了

一层一层地结

一蓬一蓬地结

一串一串地结

芝麻花像一支支银色的唢呐

芝麻蒴是一排排竹青色的笙箫

它们踏着风的节拍

向着太阳演奏舞蹈歌唱

复兴的风

吹过人民大会堂的栋梁

吹绿了中原的山岗

苍劲雄浑坚韧的太行

筑起了千里绿色屏障

大气宽容厚重的伏牛

挺起了八百里绿色脊梁

婉约灵秀的桐柏—大别山脉

逶迤成千里绿色画廊

好一派笔走龙蛇水晕墨章

透视钟灵毓秀的绿

风姿婀娜妩媚的绿

气度飘逸超绝的绿

影像神奇空灵的绿

这绿，让你骑着青牛追赶紫气

问道函谷老聃

这绿，让你寄情山水酣饮高唱

追随纵论天下的竹林七贤

这绿，让你背上行囊踏着英雄的步伐

追随红色旋律的方向

复兴的风

吹过天安门广场

吹醒了中原文脉的河床

传承赓续，让圣贤穿越时空

字圣许慎《说文解字》“六书”概要

让复活的殷墟十五万片甲骨张扬汉字的滥觞

科圣张衡发明创造的芯片已接通

大众创新创业的大数据云计算互联网

弘扬医圣张仲景的医德医典医术

“坐堂”的中医遍布城乡

诗圣画圣智圣谋圣商圣律圣

一个个灿若星辰的圣贤达人

启迪我们不忘初心

实现中华民族伟大复兴的梦想

包容开放，让世界走进中原

一双双黄眼睛蓝眼睛

正在聚焦禅宗少林陈氏太极

刚柔相济的意象

一个个黑种人白种人

正在记录嵩山论剑儒释道

和谐相生的力量

感叹河图洛书不朽的智慧华章

仰慕卢舍那大佛慈悲圆满的目光

惊艳洛神款款的疏影暗香

伴随独山之玉晶莹之肌剔透之肤清纯之音

清明上河的舳舻满载宋词悠扬

我拥有半部《论语》半部《诗经》

半部《楚辞》半部中国史诗的中原

叩拜华夏的根脉圣贤的摇篮精神的原乡

祈福一个迈向康庄大道的中国

更加出彩更加美丽更加辉煌

下篇／

牧歌

新时代的绿色诗章

我有一颗绿色的心脏
每一次跳动的都是绿色的音符
我有一片绿色的肺叶
每一次呼吸的都是绿色的空气
我有一双绿色的眼睛
每一次望见的都是绿色的风景
我有一支绿色的笔尖
每一次流出的都是绿色的词语
这是中华民族伟大复兴的壮美之举
让我们舒卷在绿色的诗章里
那气势苍劲壮阔的森林绿
那气度平和宽容的橄榄绿

那气韵灵秀靓丽的孔雀绿
那气象玲珑剔透的水晶绿
那气色宁静深邃的祖母绿
让我们徜徉在这绿色的旋律里
或魂牵梦绕扶摇盘旋
或依依不舍流连忘返
或纵情放歌泼墨晕染
这是蓝天与大地的共同骄子
这是高山与河流的美丽魂灵
这是人类与自然的和谐家园

绿色的风
擦拭我的诗行
渐渐拂去遮眼的雾霾
染绿一个个窗口的风景
嘉木葱茏掩映一座座亭台楼阁
小桥流水迎送一艘艘画舫帆影
那双行走青苔石阶的脚步
刚刚拜访古镇古寨古坊古寺

却又驻足山乡村舍

静静地倾听流水潺潺泉水叮咚

绿色的雨

滋润着我的诗句

悄悄冲刷污染的尘埃

染绿一座座城市的名字

春城花城水城绿城森林之城

骑上共享单车的情侣

把甜蜜的话语装入

水清岸绿花香的绿色丝带里

蹒跚而来的耄耋老人

把幸福的笑容藏在

养眼养心养生的绿色长廊里

绿色的河

流淌着我的诗章

喂饱了一条条饥渴的河床

一群群沙哑了多年的牛羊

开始了洪亮豪迈的歌唱

喜鹊　画眉　百灵　金丝鸟

一个个森林高山的著名歌手

唱着自由快乐也唱着乡愁忧伤

大鸨　黑鹳　天鹅　秋沙鸭

一只只河流湖泊的卓绝舞者

舞动青春魅力也舞动新生活的梦想

绿色的我

有一双勤劳勇敢的手

我要植绿护绿

让沙漠倒退不再疯狂肆虐

绿色的我

有一双奋斗攀登的脚

我要播绿化绿

让荒山野岭变成果树满坡

绿色的我

有一颗不忘初心的愿望

用中国方案中国智慧中国力量

染绿太阳染绿月亮染绿星河

绿化一个幸福美丽的世界

苏醒的故乡

一

风儿歇了

鸟儿睡了

总有一个声音来自远方

我贴近大地静静地静静地听啊

听见了苏醒的故乡河流在歌唱……

那是黄河破冰时翻卷的浪花哟

千军乘势

万马奔腾

多像一群血性儿郎

扑向浩瀚的蓝色海洋

那是淮河解冻时抒情的浪花哟
悠悠汤汤
自由流淌
好似一群浪漫的姑娘
飞向月亮升起的地方
那是丹江开放时激越的浪花哟
浪花推着浪花
犹如一群起舞的天鹅
唱出水调歌头大江北去的乐章

啊，多么优美而又动人的歌唱
催促我快快回到故乡……

二

云儿累了
月儿醉了
总有一片辉煌闪烁远方
我踮起脚跟仔细地仔细地望啊
望见了苏醒的故乡燃亮的灯光

那是城市新区的灯光啊
五光十色
如珍珠系着玛瑙
那是产业集聚的灯光啊
璀璨夺目
像星星伴着月亮
那是古镇与新村的灯光啊
隐隐约约
闪闪烁烁
给梦中的故乡披上了华丽的霓裳

啊，多么热情而又迷人的灯光
召唤我快快回到故乡……

三

草儿青了
叶儿绿了
总有一阵芬芳飘自远方
我捧着泥土尽情地尽情地闻啊

闻到了苏醒的故乡散发的花香

那是房前的古槐屋后的紫藤挂念的心香

花蕾里深藏着父亲峥嵘岁月的忧伤

那是院内的桂花墙外的葵花追求的心香

花瓣上凝聚着母亲殷切的期望

那是路边的迎春池的荷花深情的心香

花蕊中眷恋着儿时的伙伴天真的癫狂

啊，多么深情而又醉人的芳香

吸引我快快回到故乡……

四

树儿高了

路儿宽了

总有一种力量伸向远方

我随着流风认真地认真地读啊

读到了苏醒的故乡崛起的诗行

那是写在大别山上的八百里红色诗行

啼血的杜鹃

染红了将军的摇篮
也染红了故乡强壮的肩膀
那是写在伏牛山上的八百里豪迈诗行
蛰伏了万年的神牛大象
四蹄蹬地
昂首长啸
挺起了故乡健壮的脊梁
那是写在太行山上的八百里壮美诗行
又一代愚公移山的英雄好汉
吹响了雄浑而又振奋的号角
那号角鼓舞了多少个崭新的构想……
啊，每一个构想里都有悄悄排列的诗行
在豫东平原的麦地里
在豫南水乡的稻田里
在豫西秀美的果园里
我读到了故乡绿色的诗行
在飞速的网络之路上
在飞驰的高速列车上
在飞翔的雄鹰翅膀上

我看到了故乡奋飞的诗行
在百家讲坛的掌声中
在人民会堂的报告中
在世界舞台的高歌中
我听到了故乡嘹亮的诗章……

啊，故乡一遍一遍喊着我的名字
我也流着热泪梦醒故乡……

牧　歌

那时

我的歌

是阵痛后的喜悦

躺在母亲的胸膛

轻柔纯美的曲调

充满了一个新生命的光芒

不久

我的歌

跟着不紧不慢的岁月

踩着田园

吸吮土壤中长出的芬芳

荷锄归村的路上

总有一个少年

骑在牛背上歌唱

不知何时

歌上的柳叶

悄悄藏在诗行

装进了跋涉的行囊

当晨光透过乌篷船舱

浪漫的风已写醉词章

蓑衣　斗笠　芦花

小桥　流水　人家

春江　秋月

水墨丹青的笔尖

流淌着汉江婉柔秀美的歌唱

当阳光温暖珠峰

纳木错影印圣山群像

白雪　帐篷　旗云

牦牛　狗熊　野驴　藏羚羊
经幡　唐卡　朝拜者
从喇嘛寺院的长号传来
雪域高原圣洁壮美的歌唱

当月光洒在呼伦贝尔草甸
驼铃在悠远的夜色回荡
蒙古包　马头琴　手撕肉
从奶茶烈酒的牧场传来了
一群群牧马人健美豪放的歌唱

夜晚
我打开疲惫的行囊
那片会唱歌的柳叶
把书页染成了金黄
多少岁月
多少沧桑
多少忧伤
多少感慨

也许正是一种神秘的向往

从此

我的歌

是站在土地上

那位农民

撒下祝福和敬畏的种子

用善良的布袋

去收获故乡喜欢的口粮

从此

我的歌

是飞在波涛上

那只海燕

伸张正义的翅膀

呼唤和平的交响

从此

我的歌

是火炉旁

那位铁匠

用热情与真诚

叮叮当当锻造一部不朽的诗章

脚　印

脚印
在每个人的脚下延伸
——朋友，你将怎样踏上人生的旅程？

有人用恋人的温存
把丰腴的大地
轻轻地亲吻
留下了一行
爱的神韵

啊——
那沙漠中浩瀚的森林

那高山上烂漫的花芬

那田野里起伏的绿茵

是播种者

春天的脚印

有人用开拓的斧刀

将杂乱的荆棘

统统地砍尽

踏出了一条

新的蹊径

啊——

那报告银河系消息的星辰

那探索云雾中奥秘的鹰群

那旋转洛杉矶太阳的女神

是创业者

登攀的脚印

有人用贪婪的眼睛

把腐败的生活

牢牢地盯紧

留下了一个

丑的灵魂

啊——

那来历不明的金银

那趁火打劫的商品

那醉生梦死的狂饮

是颓废者

没落的脚印

啊，脚印

在每个人的脚下延伸

有的

是一首碑刻的诗文

有的

是一篇汗洒的作品

有的

是一串血滴的斑痕

每一个人
都有自己的脚印
每一个脚印
都有浅有深
有的模糊
有的清新
有的消失
有的长存

每一个人
都有自己的脚印
我时时在想
怎样把每一个脚印
踩得准
踩得深
踩得真
踩成拉纤的蹊径

踩成攀登的窝坑
踩成镌刻的碑文

我想啊
想了多少个早晨
想了多少个黄昏
终于得到了真谛
跟着太阳的光轮
才有闪烁的脚印……

影　子

我的灵感随风飘逸

碰见云朵就会飞翔

遇见闪电就会下雨

钻进大山就会瑰丽

这一次

我要跳入大海

变成鱼

变成石

变成珊瑚

寻觅另外一种世界

倘若

躲在您的海底

您猜

也猜不到

看

也看不到

等到晨曦升起

海的镜子一定

让您

发现我就是

您的影子……

苏　醒

太阳醒了
瞳孔期待东方
那片火热雄浑壮美的神力
翠鸟醒了
森林希望童话
那支浅蓝淡紫嫩绿的风笛
大地醒了
步履拉着沉思
历史现实未来的
一切都在苏醒
苏醒的都把生命的信息
泼向画布展示多彩的丰姿

胚芽在重压下

顶出地壳伸出耳朵

听虫鸣蛙语和春天的脚步

爱情在禁锢中

冲破冰层舒展双臂

跳水上芭蕾探戈伦巴华尔兹

理想在迷茫里

拨开雾嶂标定航向

沿繁荣与文明行驶

一切都在苏醒

苏醒的都把理智

投入天平衡量追求的价值

夜太长睡得太死

梦太多醒得太迟

鸡叫了，快扔掉遮眼的黑布

虚幻的梦呓

把眼睛装上晨曦

启动思想的犁铧

开垦黑油油的处女地

钓 海

一根心弦
借来初七的月
船，这枚发光的鱼漂
摇晃着寂寞

浪之唇
吐纳千堆雪
岸，忽隐忽现忽近忽远
正欲钓起一个愁怅
却走失了那尊弯月

望断双眼

等待大海的枯竭

可越来越深的牵挂

一头拴在磐石

一头却寻不到边界……

春天不会忘记我／

我的诗不需要思索
只要春风打开那把寒冷的锁
想象的翅膀便开始收割
沉默的山峰
拂去乳白的积雪
太阳的犁铧正尽情地耕播
冰川流着清柔的波
扁舟荡着透明的漩涡
奔向一个开放的世界

我的诗不需要斟酌
只要春风铺上那温暖的课桌

满怀的激情便开始抒写
牧童的长鞭
甩一串爆竹的音节
铃声在野草的睫毛上走着
挣扎的胚芽
把一双鹅黄的耳朵伸出地壳
听鸟语虫鸣红雨细说……

我的诗不需要润色
只要春风吹醒每一个角落
缤纷的语言便璀璨闪烁
开垦的蓝天
悠悠地飘逸着玫瑰色的云朵
候鸟的翅膀在扇动着美丽的生活
森林的风笛
以浅蓝淡紫嫩绿的基调
吹一支复苏的歌

我朗诵春天的诗
春天才不会忘记我……

读 你

双眸悄悄地漫入这片神奇的世界
轻轻地我走进一本本
蓝色的梦绿色的梦紫色的梦
捧着变幻的云朵捧着多彩的韵律
也捧着翠鸟一样的精灵和玫瑰色的早晨

读着渔舟，南方一股股清幽幽的河流在心间运行
读着森林，北方一阵阵凉爽爽的风流在发梢摆动
读着波涛，东海一轮轮红鲜鲜的太阳在脚下启程
读着小草，沙漠一串串响当当的驼铃在耳边争鸣
读着田野，中原一个个香喷喷的季节在手中播种
春花夏雨秋色瑞雪是你

变幻莫测的构思
飞泉溪流湖泊江河是你
修辞炼句的砚池
古今中外星空大海是你
探索珍藏的圣地

从炮火中诞生的领袖将军和士兵
写进你的历史
从母亲河孕育的作家诗人科学巨子
走入你的记忆
从黄土地站起的航天城亚运村核电站
映入你的凝视……

生命之树上的金果示意我仔细地品评
一杯杯苦辣酸甜
逆水之舟下的桨叶呼唤我不停地
走入一个个完美的境界
早晨读着我
我在寻找太阳下

那朵不凋的红花

那片常青的绿叶

夜晚读着我

我在寻找太空下

那颗闪亮的流星

那叠厚厚的传说

悄悄地双眸踏出一行行求索的脚印

轻轻地双手掀起一页页激昂的人生……

致同学

那是月光下的一弯秋韵
把五十双期盼的眼神
凝聚在一起
那是太阳下的一片祥云
让五十只飞翔之鸟
歌唱在一起
那是九月的一个良辰吉日
我坐在一个盛满热情的教室
望着每一张陌生的面孔
都有着藏不住的诗意
一个个小伙英气十足
一个个姑娘飒爽英姿

每一双明亮的眼睛

在仰慕

在寻觅

每一双机灵的耳朵

在倾听

在记忆

冬天来了

窗外那飘舞的雪花

没有动摇每一个人的心绪

春天来了

树上那欢喜的翠鸟

没有牵动每一个人的情思

夏天来了

屋顶倾盆的大雨

没有影响每一个人的意志

就这样

我们写着一本本上下求索的笔记

就这样

我们解析着一道道左右为难的课题

就这样

我们在同一个教室拜读老师

我们在同一个操场欢声笑语

我们在同一栋宿舍编织梦想

曾记否，

那三三两两的同学

总是牵着黄昏的手

把浪漫的故事送入

微风荡漾的湖

曾记否，

年级的才子佳人

总是朗诵着诗句

把爱情的火花烙在

长着眼睛的白杨树上

当我们怀揣毕业证书

那惊喜的留影也是酸楚的分离

男生带着太阳的指示

飞往南北东西

女生带着月亮的问候

走入千家万户

天各一方

近在咫尺

偶尔的相遇是那样的依依

沟通的信息是那样的短促

从无数个昨天

终于盼到了今天

我们就要在一起欢聚

我们就要在一起跳舞

我把耳朵轻轻地贴近黄皮肤一样的土地

细细地倾听那由远而近亲切而又熟悉的脚步

那可是从太行山走来的足音

显得是那样的刚毅

那可是从伏牛山走来的足音

显得是那样的踏实

那可是从大别山走来的足音

显得是那样的灵气

那可是从豫东平原走来的足音

显得是那样的有力

那可是从南阳盆地走来的足音

显得是那样的幸福

我还听到了从昆仑泰山飞奔而来的足音

是那样的神秘而又雄奇

我还听见了从长江黄河沸腾而来的足音

是那样的一往情深如诉如泣……

在一串串熟悉而又亲切的足音里

走来了一个个我久久期望的身影

他们是那样的春风满面神采奕奕

就像这满院的柳影桃花芳草翠竹

充满了盎然生机诗情画意

是谁在呼唤我的名字

蓦然回首

一群鸟儿正在枝头歌唱：

我们是亲爱的同学

我们是亲爱的同志

我们是亲爱的朋友

我们是亲爱的姐妹兄弟

为了爱情，为了呼吸

听说每分钟有五千个婴儿降临人世
产妇的呻吟
生命的哭啼
惊醒了夏娃与亚当的梦
白发鹤颜的祖先望着旭日
对黄土高坡发出新生的叹息

听说每分钟有五万吨垃圾倾倒大地
空间的压抑
绿色的枯死
围困着城市和乡村的墙壁
龙的传人开始站在屋脊

从茹毛饮血的历史漫入现代化的深思

我们只拥有一个球体
像一叶小舟在宇宙游弋
超负荷的呐喊
不平衡的呼吁
已千百次向星星月亮发出

真不敢预言地球的村民任其繁衍
鲜花不再开放
绿草不再抽芽
多彩的自然是否会走入一个新的荒原
道路不再开阔
大厦不再矗立
丰富的生活是否会慢慢地走向窒息
我们是否会自己毁灭自己

为了爱情，为了呼吸
再也不要等待、彷徨、犹豫
快举起我们地球村神圣的旗帜——
保护生态净化空气

高雄西子湾

西施

自你离开那个君王

人们都在寻找

从杭州到扬州

从秦淮河到扬子江

沿着可以泛舟的地方

西湖

瘦西湖

从史诗到歌赋

从风流才子到帝王将相

有人把你的名字写在书里

有人把你的名字刻在心上

你在哪里
呼唤的思绪
如蚕儿吐出绵长
放飞的秋蝉
究竟在哪片云中忧伤

高雄
西子湾
我找到了你多情的目光
正穿越湛蓝湛蓝的大海
望着故乡那扇梳妆的木窗

五指山，又见银河

地上的河

不是记忆过去的欢喜

它在哭

可泪只有一滴

已毫无力气

只是遗憾

怕这滴

为裸露的石块泥沙

失去了遮挡的哭泣

也会把喉咙割去

今夜

上弦月升起

畅和农场十八队

橡胶林与槟榔树顶

一条银河自东向西

只有一种个性

自然飘逸

那些少年的顽石

挂在河岸

放射对人间的疑虑

是谁

为什么这般无忌

先把地球变暖

又晒干河边的草木

甚至不顾一切

剥去灵魂的衣服

让疯狂的歌唱

蹂躏一个时代的音符

一个藏有诗歌的地方

这雨

这雾

不等你苏醒

已爬上诗的山顶

这风

这光

不让你收割

却踏进你歇脚的门槛

结构

在崖上鼓楼

一层一层叠唱

让风雨惊心动魄
长长的吊脚
让诗句
砸出岩石般的惊叹

节拍
踩着秧苗
从牧笛上飞来
在牛鞭上甩出响亮的春天
音符
摸着鱼虾
自泉眼上喷出
沿一阶一阶青石盘旋

这诗
从山上流下来如玉
这诗
从天上飘下来如珠
藏在湘西

藏在侗家田园

每天，很多很多的神仙

围绕乾隆时候的老井

正在打捞

一桶又一桶灵感……

北海畅想曲

浩浩荡荡的南流江哟
以一个父亲的不屈
把拳头攥成意志
穿过山的起伏
流过岭的逶迤
骤然在北部湾伸开手指
化作跳动的五线谱
为大海弹奏蓝色的琴曲

婀娜多姿的南流江哟
以一位母亲的贤淑
把柔情酿为乳汁

哺育万丛叶子花

孕育万亩红树林

养育万家好儿女

此时啊

我站在冠头岭遥望

江海依依

您恰如一枚斑斓的海螺

静静地躺在北部湾的怀抱

观潮涨潮落

听风生水起……

那本《天工开物》的画集

印着合浦采珠的故事

一叶木舟在海上漂浮

一根绳索系入海底

绳索系着采珠人的生命

也系着采珠人寻觅的梦想

曾几何时

东珠不如西珠
西珠不如南珠
那晶莹圆润的南珠形象
绝无半点瑕疵
那光泽经久的南珠品行
永远不会变质

啊，
我高尚美丽的南珠哟
曾尊贵于皇冠之巅
倾城倾国世界殊
我善良无私的南珠哟
曾佩戴于君子之颈
谈古论今切切絮语
我坚硬不屈的南珠哟
曾镶嵌于将军之剑
抗倭杀敌显神奇

此时啊

我跨越岭南最古老的圩集

坐在廉州城西卖鱼桥畔

酌一杯老酒

酒中斟满了无穷的遐思：

疍家人舟楫上的丝绸之路

流着忧伤

流着惊喜

也流着东西方人民的友谊

东坡亭

航标灯

老街　骑楼　领事馆

教堂　院阁　寺祠

星罗棋布着迷人的往事

那位割股藏珠的太监呀

早已死有余辜

真情相爱的海生与公主

依然像大海一样欢乐幸福

当今的孟尝君

正激浪清风续写珠还合浦的大戏……

夕阳煮

潮韵起

白鸥翔

紫燕飞

轻剪浪花映彩霓

远帆归来急

银滩十里

沙白浪软净无泥

渔棚点点

花伞簇簇

几多俊男绰绰风姿

一群靓女争艳斗奇

满目情侣依依

送来风香软语

渔灯逐浪闪烁

明月随船飘逸

老翁绾裤踏浪痴

招惹玩童嬉水疾……

忽闻岸边渔家曲

高朋至

鱼虾美

品茗茶

喝咖啡

杯杯情如许

话当今

忆往昔

句句盈蓬荜

不用浓墨与彩笔

铺就银滩一湾纸

抒写北海千首诗……

走进重渡沟

轻一点，再轻一点

千万别惊醒你的睡梦

那是藏在伏牛山的乡村

一代又一代的山民在这里繁衍

一辈又一辈的祖先在这里农耕

鸡犬总相闻

童叟无白丁

袅袅炊烟里

依然再现古朴的茅屋草棚

青山绿草上

依然飘来牛群叮当的铃声……

慢一点，再慢一点

千万别惊动你的竹影

那是长在伏牛山的乡魂

一株一株在这里常青

一丛一丛在这里茂盛

人依竹而居

竹与人盈庭

月色下

游子去寻觅你不屈的气节

曲径中

来客正追赶你高尚的品行

静一点，再静一点

千万别惊扰你的琴声

那是流淌在伏牛山的乡情

金鸡河在松石间低吟

滴翠河在磐石上共鸣

是天籁之音

还是诗韵松风

谁在溪畔

静静地观察上善若水的意境

谁在亭内

静静地聆听奔流到海的叮咛……

郝堂印象

最初的向往
是一首诗的意象
清晨的烟雨
遮挡了视线
你的身影
在云中躲藏
那条不倦的清溪
沿竹根流淌
牧笛悠悠
诉说一座山的忧伤

那年的寻找

是一条路的印象

弯曲的石径

野草丛生

远处的杜鹃

正开始怒放

挡不住的诱惑

打开门窗

春风正拂去尘土

为你悄悄梳妆

今天的拜访

是一幅画的形象

蓝天染瓦

白云粉墙

小鸟歌唱

少年的书声

越过荷塘环绕山梁

坐在古朴的茶社

一边倾听熟悉而又亲切的乡音

一边品读自然而又美丽的郝堂……

那场秋雨那把伞

秋雨从纬四路

上空刮下

灯

昏黄暗淡

车

拥挤蹒跚

拧紧一座城市的喉管

徘徊

挂在丝露发屋的门口

雨稠

心愁

他的一只脚

就要迈向无奈

突然

一把伞撑开举起

此时

那雨

在少女肩上飘逸

他举着伞

像举起青春的花瓣……

莫嫌弃

莫嫌弃
我的白发
它每一根
都系着历史
春蚕吐出
这又柔又长的丝
是桑田长出的绿叶

莫嫌弃
我的皱纹
它每一条
都有时间刻度

挖掘的河床

连同犁铧昼夜不舍

开垦的荒

一垄一垄在额头开示

莫嫌弃

我的嘴巴

它吃过螃蟹吃过岁月

品尝的美味佳肴甜酸苦辣

已腐蚀掉几颗牙齿

可现在的舌尖

正涌动最想说的心里话

莫嫌弃

我将会耳聋

莫嫌弃

我也会眼花

只要脉搏不停地跳

一双千里眼顺风耳

还会帮你

辨别美丑识别真假

倘若问我年龄究竟多大

实话告诉你

第二青春才刚刚发芽……

汉江上的第三个月亮

这个夜

我漂流在汉江

那第一个月亮

是我的楚辞汉语

从很远很远的祖先

就挂在天上

第二个月亮

是祖先的影子

印在江上

我乘坐的小船

拖着我的生命与向往

就像

被灯火燃烧成

云卷云舒的汉江

天与地之间

有一双眼睛

正在穿越风浪

母亲

正坐在船头

望断岸山

任父亲的橹划落太阳

她

期待的

是沉默的力量

为儿子寻找一个

柔情似水的月亮

注　视

在茫茫人海里
我们偶然相遇
我在偷偷地注视着你
你也在偷偷地注视着我
注视的目光像燃烧的火炬

又一次的偶然相遇
是朋友的节日相聚
你在偷偷地注视着我
我也在偷偷地注视着你
注视的目光闪耀着无限甜蜜

我们还会相聚在一起

我依然会偷偷地注视着你

你仍然也会偷偷地注视着我

我们注视的目光里

幸福在神秘地传递……

优雅而又贤淑的你

自由而又多情的你

你走到哪里

哪里就有注视的美丽

假　如／

假如一缕春风

在一个早晨

吹过墙头

吹醒你的双眸

你是否知道风中有我真情的眼神

假如一阵夏雨

在一个中午

飘过墙头

飘入你的发梢

你是否知道雨中有我凉爽的亲吻

假如一道闪电

在一个夜晚

跳过墙头

跳进你的窗口

你是否知道那闪电是我无法遏制的灵魂

如 果

如果我们在沙漠相遇

就在沙丘植一片绿洲

如果在森林相识

我们就和鸟儿一个户口

如果我们在大海相见

就在海上造一叶方舟

如果在城市相知

我们就生活在一栋小楼

如果在旅途中相爱

我们就一前一后

如果你怕走丢

就紧紧抓牢我的手

如果你怕恶梦

就把耳朵贴近我的胸口

倘若，我丢失了

请不要慌乱

我一定藏在你的衣袖……

失 联

失联

已经三天

忧郁的

又闷又热的

这个夏天

寻觅的目光

射出耀眼的闪电

去找丢掉的魂

云中的仙

滚滚的雷声

发出了心的呼唤

你听见了

请挥一挥手

把染泪的手帕

从空中抛下

淋湿我刚刚写好的诗篇

云　线

仅仅是湛蓝湛蓝

像海

并不稀罕

有帆

挂在远方

让心思念

多想抽成线

轻轻地把灵魂拴

等待

等待

等待时间的雷霆

将横跨的云之线

感动为

垂直的雨帘……

从今天起 /

从今天起，我不再指责太阳
是如何用火辣辣的鞭子
从故乡布满皱纹的脸上
从原野闪亮弯曲的背上
抽打出汗滴
因为啊
那六月金灿灿的麦穗
那八月金灿灿的稻谷
那十月金灿灿的玉米
都是太阳热情的祝福

从今天起，我不再埋怨月亮

是如何用水灵灵的泪珠
从灯下铺满信笺的书桌上
从窗口叠印诗意的幕幔上
偷走我一生的梦呓
因为啊
那傍晚归巢的飞鸟
那子夜牵手的莲蒂
那清晨带露的花香
都是月亮真情的寄语

从今天起，我不再错怪自己
因为啊
我拥有了太阳的鞭子
我拥有了月亮的目光
我有我的祝福
我有我的寄语
我已经属于你……

告别与相视

高速列车

似乎在缩短一种相思

这只是面对距离

当握别的手刚刚离去

那匹野马

箭一样背道而驰

爱的真实不仅仅是一种情绪

谁能说清

黑土地黄土地上为什么长出

一样的太阳一样的月亮

谁能猜透

昨夜的闪电为什么

会诞生又一个妩媚的晨曦

其实

在时间和空间里

那两个姗姗来迟的影子

早已是盛夏的雨滴

让列车返程吧

轻轻地停靠在相视的距离……

你的灵魂已经附体

我说了一千个对不起

也不会感动上帝

因为爱

已经犯了错误

其实，我早就把秘密

锁进了抽屉

可梦里她总偷走

那把珍藏的钥匙

睁开眼

满屋都是迷离

赶也赶不走的

却是你的灵魂已经附体

秋天的丁烟

秋天，我站在丁烟
望不见低矮的窑洞
爷爷烟斗里点燃的辛酸
望不见羊肠小道
奶奶竹篮里剜满的苦难
太阳从蓝天牵动舒展的彩练
红叶把喜悦的笑脸映上青山
幽谷藏新楼
玉带绕云端

秋天，我站在丁烟
听不见父亲赶毛驴的长鞭

在夜空划过的一串串愤懑呐喊
听不见妈妈挑水桶的扁担
在寒风中扭曲的一声声呻吟呼唤
月亮在雾海偷偷亲吻着山尖
小鸟从林梢摇落一树乡恋
灯光灿烂处乐队刚开演

秋天，我站在丁烟
清风起大雁飞鸽哨婉转回旋
彩云飘牛羊归夕阳染红天边
阅不尽田园村郭香草野花流动的风景线
听不完琴音牧歌书声朗朗吟唱的新乐章
当思绪越过时空魂飞梦牵
一叶轻舟劈波斩浪越过了万重山
那桅杆上飘扬的旗帜是美丽的丁烟……

秋天，我们一起去寻找

秋天，打开思绪的门窗
我们一起去寻找
不是去寻找长在史书里的山茱萸
不是去寻找藏在诗歌里的菊花酒
不是去寻找印在长河里的紫太阳
我们去寻找
我们去寻找快要遗忘的故乡

有蟋蟀唱歌的地方
已是我离别久远的村庄
一池清水荷塘
几株参天白杨

老屋破旧的墙上
还挂着儿时佩戴的香囊
香囊仍弥留着芬芳
慈祥的爹娘却熟睡在
小河边的柳树下方

我静静地听着
听着蟋蟀不停地歌唱
我仔细地找着
找回了一箩筐沉甸甸的忧伤

我把这故乡的忧伤
我把那儿时的香囊
悄悄地装入邮箱
寄给远方读书的姑娘……

汉画里的祖先

以刀代笔

凝练飘逸浪漫豪放

血性流入醒着的石块

经络刻入蹲着的石阙

骨骼雕入站着的石碑

雄起磅礴富丽铺张奔跑的语言

复活了大汉王朝南都帝乡

播种锄草收割

冶铁造车酿酒纺织

拜谒讲经宴飨舞乐弄杖

出行狩猎博弈车骑征战沙场

汉画里的祖先

藏着太多太多幻想
活着的庄园城堡楼阁厅堂
田园牧歌富贵荣华
连同一个个
执彗执笏执戟执盾的门吏
端灯提囊抱童捧香炉的侍女
也要带入天堂
护佑的朱雀玄武青龙白虎
向往日月星辰极乐天象
羽人乘仙鹿神鸟飞翔
汉画里远去的祖先
回来了回来了
带着长者同家的庄重慈善
带着英雄归来的威武雄壮
带着皇家故里的大气浩荡
让汉风的音容笑貌
解读一个语重心长的南阳

母亲叫醒的诗篇

春节

被母亲叫醒

敬礼　敬礼

快起快起

带上老二老三

去磕头……

那温暖的声音

点燃了过年的红烛

我们穿上

老人缝制了一冬的新衣

挨家挨户

从村东磕到村西

磕得爷爷奶奶喜笑颜开

磕得叔叔伯伯欢天喜地

磕得一村子欢声笑语

那时

不让烧香不让拜佛

磕头的少年

留下了最虔诚的记忆

春节

被母亲叫醒

敬礼　敬礼

快起快起

我揉揉眼睛

发现身边躺着

和自己一样年轻的士兵

从枕头下悄悄地

摸出读了又读的家信

那温暖的声音

盛满了除夕的军营

那年

不让请假不让回家

为了安宁

站岗的青年

留下了一生最崇高的身影

春节

被母亲叫醒

敬礼　敬礼

快起快起

那温暖的声音渐行渐远

似是昨天追赶着前天

仿佛游船带着穿越

一个又一个星空与时间

母亲在烧火做饭

父亲在书写春联

我磕过头的

爷爷奶奶叔叔伯伯

正围坐一起

谈古论今颐养天年

此刻

我从暖梦醒来

到了诗歌的壮年

奋笔写下这首母亲叫醒的诗篇……

春节等我回去

村口张大眼睛

在等我回去

树木摇动风铃

在等我回去

小河流淌乡愁

在等我回去

我知道

还有那刚刚包好的饺子

在等我回去团聚

这是离家四十年的记忆

等我的每一个春节在记忆里

是长长的相思……

那一年

我刚刚离家

母亲站在村边

让目光越过树梢

从腊月初八就等我回去……

又一年

我已经结婚

父亲站在车站

让视线顺着铁轨

从农历小年就等我回去……

到了今年

我的双鬓已长出银丝

父母已熟睡黄土

乡亲们仍站在河岸

让盼望穿越时空等我回去……

我要回去……

回去的眼眶早已泪湿

从除夕到初一

我为故乡跪拜

我为乡亲祈福

诗在故乡

你

石破天惊撕心裂肺

第一声啼哭

撼动汉江

血性胎盘

盆一样

承接天籁孕含慈悲

挣扎呻吟阵痛

呼唤千万次的乳名

南阳　南阳　南阳

我是这撼天动地

千万次呼唤的儿郎
装着白河流量的母语
背着独山玉一样的胎记
寻找诗和远方
孤独的期望
漂泊的忧伤
思绪对接遥感的星光
一次次把远去的诗神
拉回盆地
拉回南阳

满载归来的惆怅
青春锐利的笔锋
变换季节
向原野秋色张望
飘飞灵魂的诗句
已穿上兼葭露霜
界岭　炊烟　游客　僧侣
骑在牛背上的少年

扬鞭而去

追赶回家的牛羊

熟悉的风

用亲切的母语

向南阳盆地歌唱

诗在故乡

月色挂满故乡

小时候的月色挂在树梢
我想把它摇下来
后来，月色挂在我匆匆忙忙的路上
归来的月色
从岑参捎信的马背上走下来
从花洲书院的窗台上走下来
从福胜寺的塔尖上走下来

染白我倔强的发梢
燃亮我沧桑的脸庞
今夜无眠
月色挂满故乡……

界　岭／

仰望界岭

奇葩丛丛凌太空

秀峰挺立

雄齿竞峥嵘

脊脉连绵横东西

自此南北江河明

连连绵绵叩大地

起起伏伏向苍穹

烟霞欲飞行

带走了多少孤独的踪影

清泉涤尘去

远送了多少烦闷多少沉重

拾荒而上

恰遇荷柴樵夫而下

密林茂木

野花小草

幽韵丽句

藏入曲折的隐语

听不清竹叶摇曳的私情

松涛起

险崖峻巅

有嵯峨者岿然从容

一道佛光

不问夕阳晨曦

透视云烟雾霭掩遮的薄纱

朗照一尊惊讶天姿

把这自然的裙衫

点上桃红

皴为碧绿

染成魏紫

琢出白玉

当风儿轻轻吹来

这景色又随瑞气岚裳慢慢飘离

这时，你的眼神也在慢慢地飘

飘得高远

飘得湛蓝

飘得神秘

飘得不能自已

忘了界岭那边的记忆……

今晚，和诗圣一起饮酒

你从来就没有离去
那清癯的背影
就站在我们的前头
在这风清月明的夜晚
正姗姗走来和我们一起饮酒

久久等候你的饮中八仙
捧出了皇封御液
想请你在酒中诉说坎坷仕途
听你抒发
致君尧舜上再使风俗淳的追求
解甲归田的兵卒

捧出了琼浆玉液

想请你在酒中诉说

车辚辚马萧萧

“三吏”“三别”的家国情仇

远道而来的草堂邻居

带来了溪水佳酿

想请你在酒中起舞吟唱

邀我尝春酒一酌散千忧

望眼欲穿的乡亲

捧出了陈年杜康

想听一听你

闻官军收河南河北

在哪里放歌纵酒

江上的一叶扁舟

为什么还漂泊着千年的乡愁

古到今

春到秋

功名利禄王与侯

风流莫过诗与酒
酒中诗
诗中酒
一杯兴致月梢头
二杯情义仗剑游
三杯意气冲霄九
诗中酒
酒中诗
诗人兴会竞唱酬
又举杯
歌自由
一醉方休梦悠悠
再举杯
放开喉
先生豪饮逾千秋
今晚故乡百坛酒
饮尽苍生万古愁……

诗神酒歌行

酒旗挂着客栈岁月的记忆
风从屋檐吹来
《诗经》那幡幡瓠叶呦呦鹿鸣
楚辞那木兰坠露秋菊落英
诗神远游酒歌行
春秋牛车战国马蹄
驮着长矛大刀驮着佳肴
也驮着老子孔子墨子百家诸子的经书
与弟子举酬百觚的仲尼
与将士共饮投醪河的勾践
留下了诗神远游的身影
寻觅秦砖上匆匆刻下的汉字

纵横一统的大业

千里相融万里相通

铺张富丽雕琢不见风骨的汉赋

你喝完酒才从梦魇中惊醒

让诗酒精神点亮历史的路灯

于是有了

东临碣石　以观沧海

老骥伏枥　志在千里

对酒当歌　人生几何

你是蘸着沉郁雄健的建安之酒

才铸就了魏晋风骨蓬勃生命

载酒的木车晃晃悠悠

一会儿西一会儿东

喝过了哭过了啸过了

你明白了那是先生在啸虎吟龙

龙章凤姿的你

琴一曲酒一杯

醉如玉山之倾

手中的笔

随曲水流觞

抒写兰亭

百年茂林修竹千年诗意画情

结庐在人境

而无车马喧

问君何能尔

心远地自偏

归隐田园的你

与阡陌桑竹芳草相伴

用诗酒荡桨

让船儿驶入桃花梦

长安飘来的诗仙

一卷书一把扇

走遍九曲黄河

写尽千古蜀道

兴在一杯中

你看到

明月松间照

清泉石上流

月出惊山鸟

时鸣春涧中

你发出

何处能忘酒

晚来天欲雪

能饮一杯无

此身饮罢无处归

独立苍茫自咏诗

用雄浑悲壮

极尽战争之苦难百姓之不幸

时而徜徉

杨柳岸晓风残月

时而豪放

大江东去

浪淘尽千古风流人物

时而激愤

醉里挑灯看剑

梦回吹角连营

沙场秋点兵

时而婉约

红酥手黄滕酒

满城春色宫墙柳

时而慷慨

英雄恨

古今泪

水流东

诗神弯弓射天狼

酒歌祭苍穹

跋　语

作者孔祥敬出生于南阳盆地，从小就生活在汉风楚韵滋润的土壤上，先天的性灵与生活的母乳，让他成长为一名“歌手”。他怀着一颗感恩的心，饱含热泪为祖国诗与歌，为时代鼓与呼，为人民悲与喜……

他的诗言志，言情，言美。

他的诗是一溪淙淙山泉，自然清纯，绕石舒漫而流……

他的诗是一河悠悠浪花，真情多姿，载酒荡桨而游……

他的诗是一江滚滚激流，大气磅礴，拍岸呼啸而走……

著名作家、诗人、评论家谢冕、吴思敬、何向阳、孙广举、杨诚勇、马新朝、单占生、邓万鹏、李霞等分别在《人民日报》《文艺报》《光明日报》《诗选刊》等报刊撰文介绍、评价他的诗，他带着诗歌闯入了中国诗坛。

著名朗诵艺术家徐涛、于同云、童自荣、任亚明、吴广林、宋丹平、黄海碧、海霞、赵虹、姬丽君、蔡小艺、温玉娟等多次在广播电视、文艺晚会、群众广场朗诵演绎他的诗，他带着诗歌走上中国舞台。

中国作家协会副主席廖奔、吉狄马加给予热情关怀并写诗撰文鼎力推荐他的诗……

编者